영혼을 깨우는 모험의 불씨를
언제나 가슴속에 간직하시길

2026. 1.
정우창 드림.

그 여름의 아메리카

무일푼 청년의 미국 · 캐나다 · 멕시코 낭만 자전거 여행

초 판 1쇄 2026년 01월 28일

지은이 정우창
펴낸이 류종렬

펴낸곳 미다스북스
본부장 임종익
편집장 이다경, 김가영
디자인 윤가희, 임인영, 윤영빈
책임진행 이예나, 안채원, 김은진, 국소리, 송가희, 이지영

등록 2001년 3월 21일 제2001-000040호
주소 서울시 마포구 양화로 133 서교타워 711호, 808호
전화 02) 322-7802~3
팩스 02) 6007-1845
블로그 http://blog.naver.com/midasbooks
전자주소 midasbooks@hanmail.net
페이스북 https://www.facebook.com/midasbooks425
인스타그램 https://www.instagram.com/midasbooks

ⓒ 정우창, 미다스북스 2026, *Printed in Korea*.

ISBN 979-11-7355-688-3 03810

값 20,000원

미다스북스는 다음세대에게 필요한 지혜와 교양을 생각합니다.

그 여름의 아메리카

정우창 지음

미다스북스

주머니 사정은 소박했을지언정
몸과 마음의 준비만큼은
누구보다 부유했던 나였으니까.
아메리카 대륙을 두 눈으로 직접 보고
두 허벅지로 달리고 싶은 열정만큼은
이 세상 누구보다 뜨거웠다.

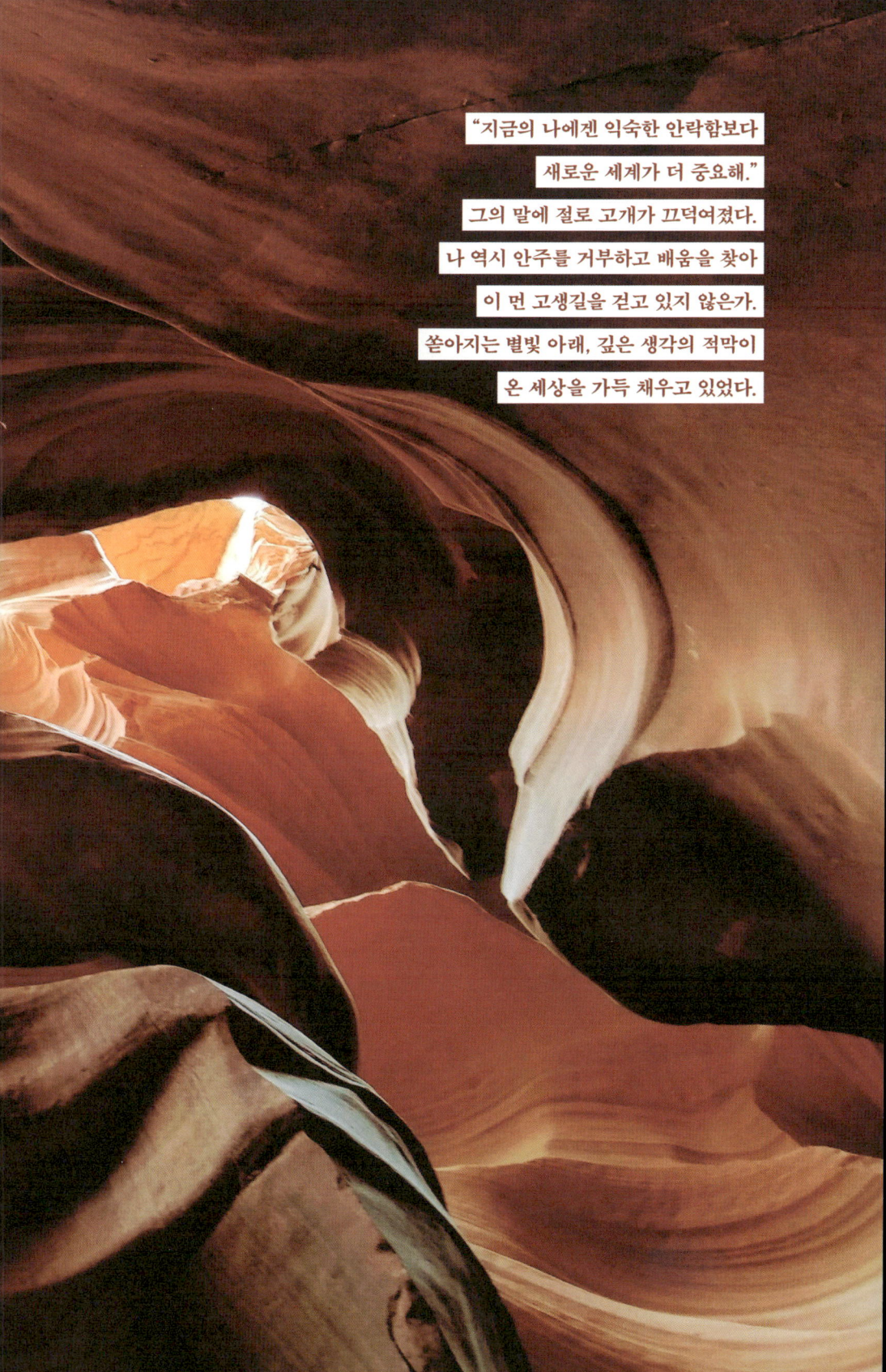

"지금의 나에겐 익숙한 안락함보다
새로운 세계가 더 중요해."
그의 말에 절로 고개가 끄덕여졌다.
나 역시 안주를 거부하고 배움을 찾아
이 먼 고생길을 걷고 있지 않은가.
쏟아지는 별빛 아래, 깊은 생각의 적막이
온 세상을 가득 채우고 있었다.

Chapter 1

★ ★ ★

목숨 걸고 달려온 도시, 라스베이거스
캘리포니아주에서 네바다주까지

Chapter 4

★　★　★

캐나다의 푸른 별빛 아래서
앨버타주에서 브리티시컬럼비아주까지

Chapter 5

★　★　★

나의 아메리카, 90일의 기억
워싱턴주에서 캘리포니아주까지

Chapter 6

★ ★ ★

도전이 안겨준 뜻밖의 영예
일리노이주에서 켄터키주까지

$Chapter\ 7$

★ ★ ★

멕시코, 바다와 아이들의 노래
킨타나오로주에서 멕시코시티까지

오랜 세기에 걸쳐 인간의 속성을 관찰해 온 학자들은 '생각하는 인간(호모 사피엔스)', '도구적 인간(호모 파베르)', '놀이하는 인간(호모 루덴스)' 등 다양하면서도 적확한 많은 특성을 찾아냈다. 이에 더해 최근 '이야기 짓는 인간(호모 픽토르)'을 제안한 연구자는 "우리는 이야기 속에 사는 존재이다. 그리하여 내가 가진 이야기로 타자와 구별된 존재로 살아간다."라고 한다.

『그 여름의 아메리카』는 세계 유일의 존재 정우창 선생이 이 세상에 하나밖에 없는 '인간존재의 집'을 보여주는 다큐멘터리이다. 세상에 이런 일이? 라고 흔히들 말하지만, 알고 보면 이 세상에 일어나는 대부분의 일은 허구(지어낸 이야기)처럼 보이는 사실(fact)들이다. 우리는 이 책을 통해 소설 같은(?) 이야기를 접할 것이고, 이것은 우리를 상상력이 풍부한 사람만이 아니라 용기 있게 행동하는 사람으로 이끌 것이다.

'그 여름의 아메리카'가 현재 특성화고등학교에서 영어를 가르치고 있는 저자를 어떻게, 얼마나 바꿔놓았는지 알지 못한다. 그러나 그는 이 책을 계기로 머지않아 더 나은 교사로 바뀌어 갈 것임은 믿을 수 있다. '호모 픽토르(Homo Fictor)'는 자신의 이야기를 짓고, 그것이 낡아지면 다시 새로운 이야기를 지어내는 창조적 속성을 가진 인간을 이르는 말인데, 그는 계속하여 새로운 이야기를 만들어 가고 있기 때문이다.

아무 일도 하지 않으면 아무 일도 일어나지 않는다. 나비의 날갯짓 같은 무슨 일인가가 있어야 한국이나 캘리포니아에서 혹은 북유럽 피요르드 골짝에서 번갯불 번쩍이며 폭풍우가 몰아칠 것이 아닌가. 쉽게 읽히는 아메리카 대륙 자전거 여행 기행문이긴 하지만 독자들에게는 머리가 아니라 가슴에 남겨지길 바라며, 특히 학생 독자들에게 이 책을 함께 읽기 권하는 이유이기도 하다.

– 황주호((전) 중등교장, 고요독서회 32년 지도(1993.3.~2025.2.)
독서대상(독서새물결운동), 으뜸교사상(녹조근정훈장, 교육부),
올해의 스승상(교육부, 조선일보사) 수상)

마치 몰입감과 속도감이 넘치는 흥미로운 영화 한 편을 보는 듯하다. 읽고 난 뒤의 잔잔한 여운은 '그럼 나는?'이라는 생각으로 이어지며, 삶을 돌아보게 만든다. 『서유기』는 삼장법사와 손오공 무리가 불경을 찾아가는 길에 만나는 요괴들과의 싸움이었다면, 이 두 거렁뱅이 같은 불굴의 청년은 뜨거운 아스팔트와 각종 맹수, 독사, 독충들 그리고 심각한 갈증이 도사리는 사막과 싸우며 대륙을 일주했다. 로키산맥을 향하는 페달은 밟고 또 밟아도 끝없이 이어지는 고독과 절망의 헛발질이었다. 저자가 비유한 것처럼 시시포스가 끊임없이 밀어 올려야 하는 형벌의 바위를 떠올리게 한다. 죽음의 고비를 극복하는 과정의 고통과 이들이 끝내 목적지에 도달함으로 맛본 환희를, 읽는 동안 나도 모르게 함께 느끼면서 전율을 안겨준다. 진정한 무아지경(無我之境)의 순간들을 체험한 열정의 여정에 탄복하며 찬사를 보낸다.

– 김혁(경상국립대학교 중어중문학과 교수)

아메리카 대륙을
건너는 이유

누군가 당신에게 150일 동안 미국을 여행할 기회를 준다면 어떻게 하겠는가? 아마 대부분은 두 눈을 반짝이며 "Of course!"를 외치고 두근거리는 마음으로 짐을 꾸릴 것이다. 우리는 어릴 적부터 영화, 드라마, SNS를 통해 미국을 접해왔다. 뉴욕의 화려한 거리, 할리우드 영화 속 자유의 여신상, 라스베이거스 카지노의 긴장감, 디즈니월드의 동화 같은 풍경, 영화 〈나 홀로 집에〉에서 보았던 거대한 쇼핑몰과 그랜드캐니언의 장엄한 절경까지…. 이처럼 미국은 우리에게 친숙한 이웃이자 누구나 한 번쯤 꿈꿔본 땅이다. 하지만 현실은 녹록지 않다. 통장 잔고와 비행기표 그리고 숙박비와 렌터카 걱정까지. 서툰 영어로 길을 잃을지 모른다는 두려움은 세계에서 가장 자유로운 땅을 밟을 우리의 자유를 앗아간다.

나는 스물넷, 120만 원이라는 적은 경비로 다섯 달 동안 8,240km에 이르는 미국·캐나다·멕시코를 달렸다. 한반도를 세로로 여덟 차례 이상 건너간 셈이다. 언뜻 보면 무모한 도전처럼 보이지만 내 안에는 분명한 이유가 있었다. 세계를 이끄는 미국의 문화를 피부로 느끼고 싶었고, 젊을 때 고생은 사서 한다는 말처럼 고난 속에서 스스로를 단단하게 만들고 싶은 갈망도 있었다. 하지만 누구에게도 쉽게 말하지 않은 내밀한 이유가 하나 더 있었다.

교환학생으로 간 미국 머레이주립대학교(Murray State University)에서 나는 미국 사회의 낯선 이면과 마주하게 되었다. 강의실 안팎에서 흑인과 백인은 경계 없이 자유롭게 어울렸지만, 유독 아시아인들만은 그 흐름에 섞이지 못한 채 소외되어 끼리끼리 모여 있었다. 사람들에게 이유를 물으면 돌아온 대답은 늘 같았다. "원래 미국 애들이 아시아인을 무시하잖아." 하지만 그 말은 내게 변명처럼 들렸고 부모님의 땀의 대가로 서 있는 이 유학길을 헛되게 쓸 수 없었기에 굳게 다짐했다. 저 유리천장을 반드시 깨고 말겠노라고. 그래서 이유를 곰곰이 숙고해 보았다. 언어의 장벽일까? 하지만 제법 유창하게 말하던 나조차 세 명 이상의 미국인 무리 앞에서는 순식간에 주변인으로 밀려났다. 그렇다면 인종차별일까? 내가 경험한 미국은 피부색보다 능력과 경험을 먼저 보는 사회였다. 남다른 재능이나 매력적인 이야기를 가진 사람은 자연스럽게 그들의 세계로 녹아들었다. 우리에게 없었던 건 바로 그것이었다.

그래서 결심했다. 아메리카 대륙을 자전거로 일주하기로. 헤라클레스 같은 유전자를 가진 그들과 농구나 미식축구로 경쟁할 수는 없지만 끈기와 정신력만큼은 자신 있었다. 모험심이 강한 미국인들조차 엄두 내지 못하는 이 여정을 완주한다면 그 어떤 말보다 강하게 나 자신을 증명할 수 있으리라. 나는 곧바로 페달을 밟기 시작했다. 서부 개척자에 지지 않는 도전 정신을 가진 한국인으로서, 그들과 어깨를 나란히 하기 위해 그리고 나만의 낭만 이야기를 써 내려가기 위해.

그 뒤에 펼쳐진 여정은 상상보다 뜨거웠고, 생각보다 고되었으며, 무엇보다 눈부셨다. 여행은 매 순간 삶의 본질을 일깨웠다. 한 모금의 마실 물과 짧은 양치, 따뜻한 잠자리가 얼마나 큰 축복인지 몸으로 배웠고 길 위에서 만난 따스한 손길들은 자기중심적인 미국인이라는 편견을 허물며 사람 사는 세상에 대한 믿음을 다시 세워주었다. 하루 스물네 시간 생사고락을 함께한 병권이와의 우정은 눈부신 선물이었다. 우리는 사막 한가운데서 사소한 일로 다투다가도 밤이 되면 모닥불 앞에 나란히 앉아 고기를 구워 먹으며 다시 웃었다. 맹수의 위협에 목숨이 위태롭던 절체절명의 순간에도 서로를 먼저 살폈고 고통 앞에서는 손을 맞잡았으며 기쁨 속에서는 함께 웃었다.

여행 경비를 아끼기 위해 세운 '숙박비 0원'의 철칙은 불굴의 의지로 다섯 달 내내 지켜냈다. 인적이 드문 곳에서는 풀숲이나 주유소 옆에 텐트를 쳤고 마을에 닿는 날이면 해가 지기 전부터 집집마다 초인종을 눌러 마당 한쪽이나 차고 한쪽을 빌려달라고 간청했다. 하루에 쉰 번 넘게 거절당한 날도 있었지만 끝내는 활짝 문을 열어주는 이를 만났다. 끼니는 대부분 1달러짜리 맥도날드 버거였고 세수는 맥도날드 화장실에서 해결했다. 샤워는 드물었지만 호수와 강, 바다를 만날 때면 망설임 없이 차가운 물 속으로 몸을 던졌다. 행운이 깃든 날에는 미국인의 집에서 따뜻한 물줄기로 피로를 녹이는 사치를 누리기도 했다.

돌이켜보면 이 여행은 삶의 축소판이었다. 무모한 도전과 극복, 우정과 성장, 사랑과 이별 나아가 일상의 소중함과 대자연의 숭고함까지 모든 것이 이 길 위에 담겨 있다. 그 여정에서 얻은 깨달음과 감동을 글로 옮겼다. 미국 사회에서 나를 증명하기 위해 달린 8,240km의 이야기가 지금 이 글을 읽는 당신에게 작은 용기가 되기를.

자전거 여행 경로, 미국 서부에 볼거리가 많다는 현지인들의 조언으로 처음 계획했던 횡단
여행에서 종단 여행으로 전환

로스앤젤레스 국제공항(캘리포니아주) → 산타모니카 · 베니스 해변(캘리포니아주) → 라스베이거스(네바다주) → 후버댐(네바다주) → 그랜드캐니언 국립공원(애리조나주) → 앤텔로프캐니언(애리조나주) → 홀슈밴드(애리조나주) → 브라이스캐니언 국립공원(유타주) → 프로보(유타주) → 그랜드티턴 국립공원(와이오밍주) → 엘로스톤 국립공원(와이오밍주) → 글레이셔 국립공원(몬태나주) → 캘거리(캐나다 앨버타주) → 밴프 국립공원(앨버타주) → 밴쿠버(브리티시컬럼비아주) → 빅토리아(브리티시컬럼비아주) → 올림픽 국립공원(워싱턴주) → 코밸리스(오리건주) → 유진(오리건주) → 요세미티 국립공원(캘리포니아주) → 샌프란시스코(캘리포니아주) → 산타모니카 · 베니스 해변(캘리포니아주) → 로스앤젤레스 국제공항(캘리포니아주)에서 기차로 이동 → 시카고(일리노이주) → 머레이주립대학교(켄터키주) → 애틀랜타(조지아주)에서 비행기로 멕시코 이동 → 칸쿤(킨타나로오주) → 툴룸(킨타나로오주) → 치첸이트사(유카탄주) → 피타 마을(La Pita, 베라크루스주) → 멕시코시티 → 김해(경상남도)

5개월을 함께한 내 애마 시리우스(Sirius)

아메리카, 별거 있나

불과 400년 남짓한 짧은 역사로도 세계를 이끄는 강대국이 된 미국. 그들은 어떻게 짧은 시간 안에 세계를 선도할 수 있었을까? 그 비밀을 직접 보고 싶었던 나는 2014년 교환학생이 되기로 결심했다. 일 년 동안 강의실에서 그들과 토론하며 창의적이고 논리적인 사고방식을 배우고 강의실 밖에서는 그들의 문화와 역사를 몸으로 느끼고 싶었다. 영화 속 카우보이처럼 서부의 황야를 달리고 뉴욕의 빛나는 야경 속을 걷는 모습을 상상하니 나도 모르게 웃음이 흘러나왔다. 땀 흘려 노력한 끝에 우리 학교에서 단 두 명만 선발하는 미국 머레이주립대학교 교환학생 합격자 명단에 내 이름을 올렸다. 학비는 면제받았지만 현실은 냉혹했다. 기숙사비와 식비만 1년에 약 1,500만 원이 들었고 전공 서적 200만 원과 생활비 500만 원, 왕복 항공비 300만 원에다 각종 생활비까지 더하면 최소 3,000만 원이 들었다. 그럼에도 미국 대학의 천문학적인 등록금 대신 모교 등록금만으로 유학길에 오를 수 있다는 건 분명 큰 행운이었다.

첫 학기를 마치고 여름 방학이 다가오자, 캠퍼스는 여행의 열기로 들끓었다. 세계 각국에서 온 친구들은 삼삼오오 모여 여행 계획을 세우기 시작했고 복도에는 웃음소리가 넘쳐흘렀다. 누군가는 친척 집으로 누군가는 자동차와 비행기를 타고 먼 도시로 여행을 떠난다고 했다. 그들의 까르르 웃음소리가 커질수록 내 마음속에는 걱정이 하나둘씩 쌓여갔다. '나는 너희처럼 이곳에 기댈 가족도 넉넉한 자금도 없는데….'

그렇다고 미국에 와 있는 이 황금 같은 기회를 날려버릴 수는 없는 노릇 아닌가. 며칠 밤을 뒤척이며 공책을 펴고 덮기를 반복했다. 숙박비, 교통비, 식비 딱 이 세 가지만 해결하면 분명 길이 열릴 텐데… 아무리 머리를 쥐어짜도 돌파구가 보이지 않았다. 이쯤에서 포기해야 하는 걸까 하는 절망감에 빠졌고 어느새 나약함이 고개를 들기 시작했다.

"미국에 혈연이 하나도 없는 나도 참 불쌍하다. 쟤네처럼 차 한 대 뽑을 여유만 있었어도 이런 고민은 할 필요가 없을 텐데…."

그 순간 나는 머리를 콩하고 쥐어박았다.

"네 이놈! 지금 제정신이냐? 부모님이 피땀 흘려서 보내주신 유학길을 감사해도 모자랄 판에!"

시계는 새벽 2시. 다시 연필을 집어 들던 그때였다. 공책 위에 무심코 툭 던진 낙서 같은 생각들이 마법처럼 또렷한 형태를 갖추기 시작했다.

숙박비는… 텐트!

교통비는… 자전거!

식비는… 맥도날드 1달러 버거!

"야호! 유레카! 드디어 해답을 찾았다!"

내 외침에 잠에서 깬 룸메이트가 눈살을 찌푸리며 미친 사람 보듯 나를 노려보았다.

"Sorry, roommate. 내 가슴이 막 뛰기 시작했어!"

생존을 위한 세 가지 원칙

원칙 1. 교통비 0원 → 자전거로 이동!

비행기도 자동차도 기차도 타지 않는다. 오직 자전거만이 나의 날개다. 느린 속도만큼 세상은 깊어지고 아메리카 대륙의 숨결이 온몸으로 스며들 것이다. 길 위에서 뜻밖의 만남은 또 하나의 선물이 될 것이다.

원칙 2. 숙박비 0원 → 텐트 생활!

호텔도, 모텔도 필요 없다. 텐트만이 나의 집이자 요새다. 밤이면 별빛을 이불 삼아 잠들고 아침이면 이름 모를 새소리에 눈을 뜨는 삶. 그것은 모험인 동시에 온전한 휴식이다.

원칙 3. 식비 절감 → 컵라면 & 1달러 버거 4개!

최소 비용으로 버티는 극한 생존 작전이지만 마음만큼은 그 어떤 부자보다 풍요로울 것이다.

돌이켜보면 이 모든 것은 20대였기에 가능했다. 비록 주머니는 가벼웠으나 건강한 몸뚱아리와 뜨거운 가슴이 있었고 무엇보다 세상을 향한 두려움이 없었다.

다음 날 아침, 들뜬 마음으로 밤새 떠올린 기발한 생각을 꺼냈지만 미국 친구들의 반응은 예상과 정반대였다. 박수와 환호를 기다리던 나는 무시무시한 경고 세례에 말문을 잃고 말았다.

"미국 도로엔 음주 운전 트럭이 많아."

"캘리포니아 사막이랑 로키산맥을 자전거로 넘는다고?"

"곰이 텐트를 찢고 들어오기도 해."

"퓨마나 코요테는 사냥감을 며칠씩 쫓아다닌대. 네 뒤를 밟을 수도 있어."

그 여름의 아메리카

"숲에서 자면 독사나 지네에게 물릴지도 몰라."

도대체 겁을 주려는 걸까 아니면 진심으로 걱정하는 걸까? 한국에 계신 부모님의 반응 역시 냉랭하기는 마찬가지였다.

"아들아, 그 위험한 걸 왜 하려고 하니? 미국은 한국보다 백 배는 커. 하루이틀로 끝날 여행이 아니야."

하지만 며칠간 이어진 만류와 경고는 오히려 내 모험심에 더 큰 불을 지폈고 결국 부모님은 마지막으로 한 가지 조건을 내놓으셨다.

"모험을 함께할 친구를 찾아라."

그날 이후 미국 친구들을 마주칠 때마다 이 아름다운 모험을 함께 하자고 설득했다. 처음엔 눈을 반짝이며 관심을 보이던 이들이 제법 있었는데, 막상 시간이 다가오자 희한한 표정을 지었다. 몇몇은 심지어 내 마른 체격을 힐끗 보며 내가 완주에 실패할 것이라고 비아냥거리며 내기를 걸기도 했다. 그제야 깨달았다. 한국 친구를 찾아야 한다는 걸. 하지만 중고등학교 시절 친구들을 떠올려 봐도 이 무모한 도전에 뛰어들 만큼 대담하고 믿을 만한 이는 쉽게 떠오르지 않았다.

그런데 문득, 한 얼굴이 스쳤다.

바로 병권이.

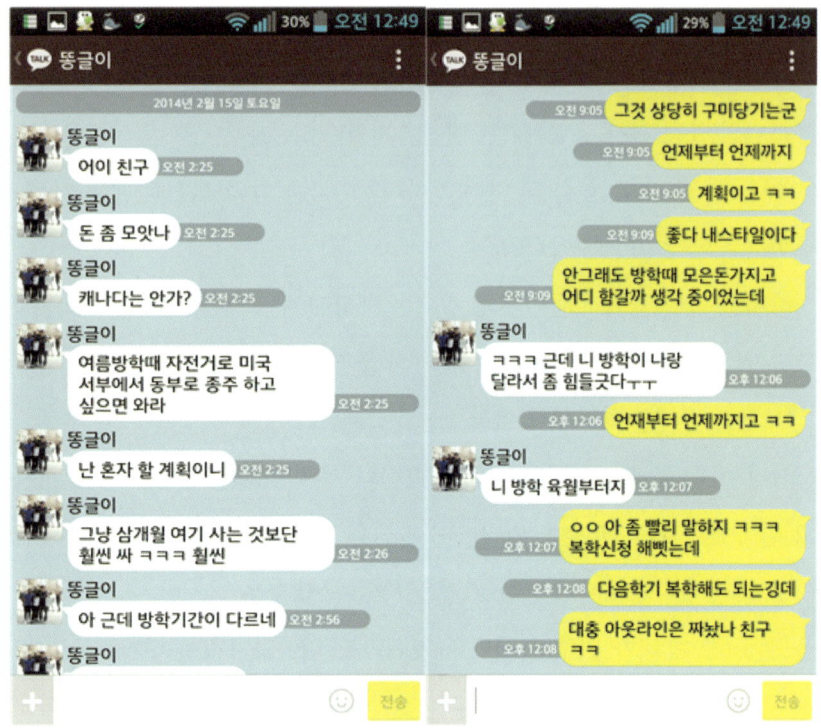

병권과의 카톡 내용(당시 나를 '뚱글이'로 저장해두었던 병권이)

　　고등학교에서 처음 만난 병권이는 경남 하동 진교 출신이다. 어린 시절
부터 시골의 들판과 산을 누비며 자란 녀석은 나무를 잘라 불을 피우고 도
구는 직접 만들어 쓰는 법을 익혔다. 그렇다고 그를 생활력 강한 시골 촌놈
쯤으로 생각했다면 큰 오산이다. 이 녀석은 2008년 수능 수리 가형에서 만
점을 받고 부산대학교 항공우주공학과에 진학한 영리한 녀석이다. 연평도
해병대에서 체력과 담력을 단단히 다졌고 조선소에서 용접과 절단 그리고
조립 기술까지 배운, 부서진 자전거쯤은 눈 감고도 뚝딱 고쳐내는 진짜 공
대생이었다.

취업하기 전 평생 기억에 남을 만한 모험을 꿈꾸고 있던 친구는 내 제안을 기다렸다는 듯 곧바로 준비에 나섰다. 캠핑 회사 대표들에게 직접 이메일을 보내 우리의 도전을 설명하며 후원을 요청했고 4인용 텐트와 취사도구, 캠핑용품 등을 지원받는 기지도 발휘했다. 여기에 한국인의 필수품인 김치와 신라면, 김과 동원참치까지 압축팩에 담자 꿈꾸던 여정이 조금씩 현실로 다가왔다.

반면 내 준비는 한없이 초라했다. 이미 봄방학 동안 동부 여행을 다녀온 처지에 여름 방학 3달간의 천문학적인 지출을 내 어찌 감당하리. 그렇게 나는 학교 앞 자전거 가게 문을 열었다.

"미국 일주예요. 속도는 느려도 괜찮으니 부서지지 않을 가장 저렴한 놈으로 주세요."

거금 20만 원을 들여 시리우스를 애마로 맞이했고 침낭은 학교 근처 월마트에서 가장 싼 걸 집었다. 텐트는 병권이 것을 나눠 쓰기로 했다. 자전거 가방과 수리 도구, 손전등과 여벌 옷 같은 생필품은 인터넷에서 가장 값싼 것들로 채워 넣었다.

그렇다고 오해는 마시라. 주머니 사정은 소박했을지언정 몸과 마음의 준비만큼은 누구보다 부유했던 나였으니까. 몇 달 동안 헬스장에서 근력을 길렀고 축구와 달리기, 수영으로 부지런히 체력을 다졌다. 아메리카 대륙을 두 눈으로 직접 보고 두 허벅지로 달리고 싶은 열정만큼은 이 세상 누구보다 뜨거웠다.

여행하며 만났던 현지인들이 써 준 롤링페이퍼

Chapter 1

목숨 걸고 달려온 도시,
라스베이거스

캘리포니아주에서 네바다주까지

★　★　★

01 거대한 바다와
뜻밖의 구원자

Day 1~2
5월 11일~12일

여행을 시작하며 찍은 기념사진

아메리카 대륙 일주를 하루 앞둔 밤, 나는 자전거를 꼼꼼히 포장하고 짐을 정리했다. 친구들과 마지막 인사를 나눈 뒤 머레이주립대학교를 떠났다. 두 시간쯤 달려 테네시주의 작은 에어비앤비 숙소에 도착했다. 낯선 방의 침대에 몸을 눕히자 낮에 들었던 말들이 파도처럼 밀려왔다.

"May God protect you. 신의 가호가 함께하길."

"Call the police when you are in danger, okay? 위험에 처하면 곧바로 경찰에 전화해, 알겠지?"

그중 유독 기억에 남는 한마디가 있었다.

"단둘이 타국에서 긴 여행을 하면 평생의 친구가 되거나 철천지원수가 될 거야. 단단히 각오해."

처음엔 웃어넘겼지만 만나는 이마다 같은 말을 건네니 부풀어 있던 설렘 속으로 긴장이 스멀스멀 스며들기 시작했다. 과연 석 달 뒤 우리는 어떤 모습일까. 여행 중에 다투어 원수가 되는 건 아닐까. 까짓것 나중에 생각하도록 하자. 중요한 건 이 순간 병권이가 내 곁에 있다는 사실이었다. 착하고 명석하며 무엇보다 이 무모한 여정을 기꺼이 함께하기로 한 유일한 사람. 녀석의 존재만으로 마음은 든든했고 더는 바랄 것이 없었다.

다음 날 새벽, 비장한 각오로 눈을 떴다. 대장정의 시작을 알리는 종소리가 공항에 울려 퍼졌다. 비록 휴대전화가 없었지만 공항에서 친구를 찾는 일은 전혀 어렵지 않았다. 대문짝만한 자전거 상자를 짊어진 사람은 우리 둘뿐이었으니까. 미국 땅에서 만난 친구의 얼굴은 유난히 반가웠지만 우리는 경상도 사나이답게 묵직한 하이파이브 한 방으로 모든 인사를 대신했다. 공항을 빠져나와 기어를 맞추고 바퀴를 끼우는 데 꼬박 두 시간이 걸렸다. 이제 막 페달을 밟으려는데 병권이가 배낭에서 큼직한 미국 대륙 지도를 꺼내 들었다.

"야, 니는 이런 걸 뭐 하러 들고 왔노?"

"이런 게 바로 나중에 추억이 되는 기다. 후원받느라 얼마나 고생했는데. 나중에 부러워하지나 마라."

우리는 지도 양 끝을 하나씩 잡고 여행 시작 기념사진을 남겼다. 셔터 소리가 찰칵하고 울렸다. 아, 이제 정말 시작이구나. 하지만 그때 허기가 몰려와 배가 아팠다. 미국에 왔으니 미국인처럼 먹어보자며 햄버거 가게에서 큼직한 패티와 두툼한 감자튀김 그리고 탄산음료까지 말끔히 비워냈다. 이제 본격적인 고민이 시작됐다.

"자, 이제 어디로 가지?"

"여기가 캘리포니아주 맞지? 미국에서 인구가 제일 많은 곳이잖아."

"응, 한 4천만 명쯤 될걸. 실리콘밸리도 있고."

"애플, 구글, 테슬라도 다 여기 있지. 영화의 중심지 할리우드도 있고."

"코리아타운 차이나타운 재팬타운까지 있으니 완전 문화의 용광로네."

이처럼 단순하기 짝이 없는 우리의 여행 지도는 대략의 윤곽만 그린 스케치에 가까웠다. 변명을 하자면, 우리는 우연과 설렘이 지닌 미학을 즐기기 위해 때로는 '의식의 흐름'이라는 기법으로 계획이라는 개념을 과감히 생략하곤 했다. 가고 싶은 곳이 셀 수 없이 쏟아졌지만 결론은 단순했다.

"일단 바닷바람부터 좀 맞자."

캘리포니아 하면 뭐니 뭐니 해도 태평양 바다 아닌가. 우리는 바다와 예술이 공존하는 산타모니카 해변으로 향했다. 한국에서 늘 보던 부산 해운대나 동해와는 색깔이 얼마나 다를까?

거대한 바다 앞에 서자 가슴이 웅장해졌다. 바다는 하늘과 나란히 손잡고 끝없는 수평선을 그리며 그 길이를 아는 이가 아무도 없을 만큼 저 멀리 뻗어 있었다. 파도는 햇빛에 반짝이며 살랑살랑 넘실댔고 싱그러운 바람이 은은하게 스며들었다. 모래는 금가루처럼 빛났고 그 위에 소풍을 즐기는 가족들과 배구공을 주고받는 친구들 그리고 손을 꽉 잡은 연인들이 보였다. 모래성을 쌓으며 깔깔대는 아이들 앞에는 서퍼들이 천천히 유영하며 파도를 기다리고 있었다. 16세기 스페인 탐험가들이 처음 이 찬란한 땅을 마주했을 때 전설 속 여왕 칼라피아가 다스리던 황금의 낙원을 떠올렸다고 한다. 그리하여 붙은 이름이 바로 황금빛 태양의 땅, 캘리포니아다. 햇살에 물든 바다와 모래가 반짝이며 속삭였다. "그래, 여기가 바로 그 낙원이야."

하늘은 어느새 어두운 옷으로 갈아입었고, 무지갯빛 관람차와 롤러코스터 불빛이 하나둘 반짝이기 시작했다.

"엇, 여기는 영화 〈포레스트 검프〉와 〈아이언맨〉에서 봤던 부두잖아!"

"산타모니카 부두가 여기에 있었구나. 첫날 밤을 보내기 최적의 장소네!"

여정의 첫날 밤을 낭만으로 물들이려는 순간 느닷없이 방해꾼이 들이닥쳤다.

"우웅… 우웅…."

멀찍이서부터 경찰차들이 해변 구석구석 스포트라이트를 비추며 사이렌을 울려 대는 것 아닌가. 곧이어 확성기에서 권위적인 목소리가 쩌렁쩌렁 울려 퍼졌다.

"Access to the beach is restricted after 9 PM. 밤 9시 이후 해변 출입이 제한됩니다. 모두 즉시 해변에서 떠나세요."

이게 웬 마른하늘에 날벼락이란 말인가. 한국이었다면 모래사장에 텐트를 쳐도 큰 문제 없었겠지만, 총을 찬 미국 경찰들의 무서운 표정 앞에서 하룻밤만 묵게 해달라는 부탁은 쏙 기어들어 갔다. 그제야 미국에서 노숙은 불법이라 사유지가 아니면 잘 곳이 없을 거라던 절친한 미국 친구 저스틴의 충고가 떠올랐다. 그렇다고 첫날부터 숙박비에 한 푼도 쓰지 않겠다는 우리의 맹세를 깨뜨릴 수는 없지 않나. 우리는 텐트를 몰래 숨길 만한 야산을 찾아 달리기 시작했다. 하지만 한참을 달려도 야산은 고사하고 작은 언덕 하나조차 보이지 않았다.

밤 11시, 칠흑 같은 어둠이 찾아왔다. 지쳐서 파김치가 된 우리는 꼬르륵

거리는 배라도 달래기 위해 월마트로 달려갔는데 마침 입구에서 셔터가 내려가고 있었다.

"아아… 첫날부터 이게 무슨 꼴이람…."

절망감에 빠진 나는 그대로 주차장에 털썩 주저앉았다. 그때, 장바구니를 든 흑인 아주머니 한 분이 다가왔다.

"What are you doing, guys? 너희들 뭐 하고 있어?"

"한국에서 아메리카 대륙을 자전거로 횡단하려고 왔어요. 그런데 첫날부터 완전히 꼬였어요. 산타모니카 해변에서 텐트를 치려다가 경찰에게 쫓기고 산속에 가려고 했는데 온통 평야뿐이네요…. 오늘은 길바닥에 서서 자야 할 것 같아요." 나는 울상을 지으며 말했다.

그녀는 잠시 침묵하더니 믿기 어려운 말을 꺼냈다.

"You guys need to know there are good people in the world. 우리 집에 가서 목욕도 하고 마음껏 쉬세요. 세상에는 좋은 사람들이 있다는 걸 알려줄게요."

그녀의 이름은 일로라였다. 뜻밖의 구원의 손길에 우리는 멍하니 서로를 바라보며 동시에 웃음을 터뜨렸다.

"이야, 첫날 밤부터 진짜 환상적이네! 이번 여행 진짜 기대된다!"

아기자기한 그녀의 집 거실에는 폭신한 매트리스가 놓여 있었고 담요에선 포근한 햇살 냄새가 났다.

산타모니카 해변(Santa Monica Beach)에서 병권

그 여름의 아메리카

일로라(Elora)의 집 거실 매트리스에서 곧장 곯아떨어진 나

아프리카 감성 가득한 일로라 아주머니 집에서

02 산타모니카 재도전: 대원칙을 지키기 위해

일로라 아주머니와 나

아침에 눈을 뜨니 식탁에는 바삭한 토스트와 신선한 샐러드 그리고 따뜻한 스크램블드에그와 향긋한 커피가 정갈히 놓여 있었다.

"병권아, 아주머니 혼자 사시는 것 같은데 길에서 만난 수상한 성인 남자 둘을 재워주고 아침밥까지 챙겨주시네. 세상은 아직 따뜻하구나."

"이렇게까지 잘해주셨는데 저희도 뭔가 보답하고 싶어요!"

"나중에 너희를 기억할 수 있도록 저 깃발을 줄 수 있을까?" 그녀는 병권이가 가져온 태극기를 가리키며 말했다.

그 여름의 아메리카

우리는 붉고 푸른 문양은 음양의 조화를, 네 모서리의 괘는 하늘·땅·불·물을 상징한다는 뜻을 설명해 드렸다. 서로 다른 힘이 부딪히면서도 결국 조화를 이루어 세상을 움직인다는 의미라고 말하자, 그녀는 고개를 천천히 끄덕이며 태극기를 보물처럼 꼭 쥐었다. 잠시 후 그녀는 초록색 바탕에 금빛 별이 새겨진 깃발을 꺼내 자전거에 꽂아주었다.

"이건 아프리카 연합 깃발이야. 아프리카의 모든 나라가 하나 되길 바라는 마음이 담겨 있지."

곧이어 그녀는 주방으로 들어가더니 아프리카 차를 한가득 품에 안고 나왔다.

"라스베이거스로 가는 길엔 사막이 끝없이 이어질 거야. 혈기왕성한 남자 둘이라면 무더위 속에서 티격태격 다투는 날도 있겠지. 이 차를 마시면 마음이 차분히 가라앉을 거야."

낯선 땅에서 만난 첫 인연은 그렇게 평생 간직할 선물이 되었다. 그녀가 건넨 차를 가방 속에 곱게 넣었다. 그리고 그녀는 머리부터 발끝까지 우리를 살피더니 근처 가게로 데려가 챙이 넓은 모자를 씌워주었다.

"사막에서 모자를 안 쓰면 머리가 불판으로 변할걸? 달걀도 익힐 수 있다니까."

그녀의 익살스러운 농담에 우리는 웃음을 터뜨렸다. 작별의 순간 그녀의 눈가가 붉어졌다.

"You are always welcome to my place. See you again! 우리 집은 언제든 열려 있으니, 꼭 다시 보자!"

눈시울이 붉어진 나는 조용히 고개를 숙이고 바람에 나부끼는 아프리카 연합 깃발을 바라보았다.

"See you again, Elora. Stay safe. 우리 꼭 다시 만나요, 아주머니. 그 때까지 건강하세요."

일로라 아주머니와 작별

자유와 낭만의 베니스 해변(Venice Beach)

우리의 다음 목적지는 라스베이거스. 3개월 안에 미국을 일주하려면 하루에 최소 100km는 고군분투하며 달려야 한다. 하루라도 빨리 길을 재촉해야 했지만 어제 본 산타모니카의 여운이 자꾸만 마음을 붙잡았다. 그 바다를 다시 보지 않고 떠나면 평생 후회로 남지 않을까? 그래, 하루 늦는 게 뭐 그리 큰 대수겠어. 그렇게 우리는 다시 핸들을 돌렸다.

거대한 산타모니카는 다시 한번 가슴이 뻥 뚫리는 듯한 해방감을 안겨주었다. 바다 위로 은빛 햇살이 쏟아졌고 파도는 흰 물보라를 일으켰다. 시원한 바닷바람이 땀에 젖은 몸을 부드럽게 감싸안았고 달콤한 바다 향이 코끝을 스쳤다. 저 멀리 관람차는 천천히 돌아가며 우리에게 "다시 왔구나, 반가워!" 하며 손짓했다. 해변을 따라 늘어선 세련된 리조트와 주택들은 반짝이며 이곳이 오래전부터 부유층의 낙원이었다는 걸 말해주고 있었다.

반면 모퉁이 하나를 돌아 마주한 베니스 해변은 분위기가 조금 달랐다. 어린 시절 보았던 이탈리아의 베네치아처럼 예술과 낭만 그리고 자유의 향기가 진하게 흘렀다. 실제로 베니스는 1900년대 초 미국 부동산 개발업자가 유럽풍 건물과 운하를 조성하며 '미국의 베네치아'를 꿈꾸며 만든 곳이라고 한다. 거리는 예술가와 음악가들로 부산스러웠다. 버스커의 노래가 파도 소리와 뒤섞여 공기를 가득 채웠고, 조각가의 손끝에서는 모래가 예술로 피어났다. 해변 한편에 자리한 체육관 머슬비치에는 구릿빛으로 그을린 보디빌더들이 헤라클레스처럼 돌덩이 같은 가슴 근육을 드러내며 기합을 내질렀다. 아놀드 슈워제네거를 비롯한 수많은 보디빌더들이 한때 훈련했던 이곳은 지금까지도 피트니스 애호가들의 성지로 남아 있다. 거리의 노점에는 세계 각국의 음식 냄새가 뒤섞여 코를 간질였고 파도 위에서는 서퍼들이 차례로 하얀 물결 속에 몸을 던졌다. 구글과 스냅챗의 본사도 자리 잡은 이곳은 예술과 기술, 과거와 현재가 녹아 있는 낭만의 해변이었다.

어느덧 황혼이 바다를 붉게 물들이자 우리는 다시 잠자리를 고민하기 시작했다.

"병권아, 어제 쫓겨났던 산타모니카로 다시 가자."

"거기를 또 왜 가? 어제 경찰들 표정 봤잖아. 다른 곳을 찾는 게 훨씬 수월할 텐데."

"오늘은 꼭 거기서 자고 싶어."

이건 미련한 고집이 아니었다. 앞으로 석 달 동안 야영으로 버텨야 하는데 여행 초입부터 난관을 비켜 간다면 앞으로 다가올 수많은 밤들 앞에서 계속 흔들리게 될 터였다. 그래서 이 문제를 꼭 짚고 넘어가고 싶었다.

잠시 후 오늘도 어김없이 푸른 경광등을 번쩍이며 신나게 달려오는 경찰차들이 보였다.

"The beach is closed after 9 PM. 밤 9시 이후 해변은 폐쇄됩니다. 모두 즉시 퇴장하세요!"

후훗, 하지만 어제의 우리가 아니지. 도둑고양이가 된 우리는 몸을 웅크린 채 어슬렁거리며 주변을 탐색하기 시작했다. 이내 우리는 커다란 다리 밑에 은신처로 삼을 만한 어둠을 포착했다.

"지금이다! 서둘러! 경찰차 불빛이 다시 돌기 전에!"

무려 50kg이 넘는 자전거를 허리에 둘러매고 모래사장을 전속력으로 달렸다. 신발이 모래 깊이 푹푹 꺼졌고 숨은 턱끝까지 차올랐다. 30분쯤 지났을까. 마침내 다리 아래 깊은 어둠 속에 도착해 몸을 숨겼다. 순찰 중이던 경찰차가 눈앞을 스쳐 지나갔다.

"휴… 이제 진짜 됐어."

그 여름의 아메리카

가만히 눈을 감고 달콤한 승리를 만끽하던 우리에게 파도가 밀려와 짝짝 박수 소리를 내며 축하해 주었다. 그런데 잠시 후, 손전등을 들고 주변을 훑어보던 병권이가 차갑게 식은 목소리로 말했다.

"야, 우창아! 여기 다리 기둥 좀 봐."

"응, 왜?"

"이끼가… 우리 키 세 배 높이는 되겠다."

"그래서?"

"그래서라니! 조수 간만 차 때문에 밤엔 물이 여기까지 찬다는 뜻이잖아. 자다가 익사하고 싶나?"

역시 귀신 잡는 해병대는 다르네. 우리는 후들거리는 다리로 자전거를 다시 해변 밖으로 질질 끌고 나왔다. 그때 눈앞이 번쩍이며 시퍼런 경찰차가 범인을 포획하듯 우리를 비추며 달려왔다.

젠장. 이번엔 숨을 곳도 없잖아. 무엇보다 도망 다니는 데 진절머리가 나버린 나는 정면승부를 택했다.

"경찰관님, 안녕하십니까?" 나는 극도로 정중하게 말했다. "저희는 LA에서 출발해 미국을 자전거로 일주 중인 가난한 한국 학생들입니다, sir. 보시다시피 형편이 넉넉지 않아 숙박업소에 묵을 수 없습니다, sir. 오늘 하루만 텐트를 치고 잘 방법이 없을까요, please?"

경찰관은 우리를 바라보며 입을 꾹 다물었다. 그리고 잠시 후 그가 던진 말은 가히 걸작이었다.

"왼쪽으로 4km쯤 가면 산타모니카시와 로스앤젤레스시 경계선이 있어. 그 한가운데 텐트를 쳐봐."

"거긴 괜찮은 건가요, sir? 경찰관님이 쫓아내진 않으시나요, sir?"

"장담은 못 해. 하지만 그곳 절반은 산타모니카시 땅이고 절반은 로스앤젤레스시 땅이야. 그래서 내가 널 쫓아낼 권한이 있는지 모호하지. 로스앤젤레스 경찰도 마찬가지 아니겠어? 대신 정확히 경계선 한가운데에 텐트를 쳐. 조금이라도 우리 쪽으로 넘어오면 그땐 내가 널 잡아가야겠지."

순간 두 귀를 의심했다. 이게 과연 경찰관이 할 소리인가? 벙찐 얼굴로 그의 얼굴을 바라보던 나는 이내 한국인 특유의 눈치로 그의 투철한 직업정신과 따뜻한 마음을 읽어냈다.

"정말 감사합니다, sir. 오늘의 은혜는 절대 잊지 않겠습니다!"

산타모니카시와 로스앤젤레스시 절반의 땅에서

03

사라진 신발과 함께
시작된 사막길

쉼 없이 페달을 밟는 동안 보인 메마른 사막의 풍경

아침 9시, 라면 한 그릇으로 속을 채우고 서둘러 라스베이거스를 향해 페달을 밟았다. 아직 짐 꾸리는 게 서툴렀던 탓일까. 자전거에 묶어둔 신발이 사라진 걸 한참 뒤에야 깨달았다. 아침부터 기분이 언짢았다.

두 시간이 넘도록 오르막길을 달리자 허벅지가 경련을 일으켰다. 벌써 쥐가 난다고? 에이, 내가 이렇게 약할 리가 없지. 아까 오르막에서 괜히 멋진 프로 선수 흉내를 내며 힘을 과하게 써버린 탓일 거야.

연평균 강우량 200mm 이하를 사막이라 부른다던데 그 말을 실감하겠다. 하늘에는 물기 하나 품지 않은 태양이 이글거리고 사방에는 황톳빛 평지가 펼쳐져 있다. 생명력 넘치던 야자수와 푸른 잔디는 온데간데없고 척박한 땅에서 살아남은 선인장과 마른 덤불만이 뾰족하게 솟아 있다. 가끔 멀리 보이는 건물들은 오래전에 버려진 듯 색이 희미해져 있다. 공기는 바짝 말라 목구멍이 따끔거렸고 정면에서 불어오는 뜨거운 바람 때문에 눈을 제대로 뜰 수가 없다.

마을 분위기도 역시 어딘가 달라 보였다. 적막이 드리운 거리엔 사람 기척이 희미했다. 백인은 거의 보이지 않고, 멕시코계와 흑인이 주로 사는 동네처럼 보였다. 그들 눈빛에는 낯선 이방인을 향한 경계가 묻어 있었고, 마치 "여긴 네가 머물 곳이 아니야."라는 무언의 메시지를 던지는 듯했다. 치안이 좋지 않아 보였고, 분명 살기 좋은 동네와는 거리가 멀었다.

산 너머로 달이 기울자 우리는 경찰 눈을 피해 텐트를 칠 만한 음지를 찾아 헤매기 시작했다. 어째서 이 땅에는 몸을 숨길 작은 언덕 하나 없는 걸까. 그때 가정집의 넓은 마당이 눈에 들어왔다. 마당은 사유지니까 텐트를 쳐도 경찰이 쫓아내지 못하겠지? 하는 기발한 생각이 스쳤다.

곧장 초인종을 눌렀지만 멕시코계 주민들은 세상 귀찮은 표정을 지었다. 어떤 집은 말 한마디 없이 문을 쾅 닫았고 어떤 이들은 "Leave! 나가!"라며 소리를 질렀다. 스무 집 정도 두드렸을까. 마침내 인심 좋은 사람이 마당 한쪽을 가리키며 고개를 끄덕였다.

잔디밭에서 보글보글 라면을 맛있게 끓여 먹고 잔디용 물 호스로 몰래 양치질과 등목을 했다. 몸을 끈적이던 땀과 먼지를 씻겨 내자 거짓말처럼 깊은 잠이 쏟아졌다.

04 벌써부터 후회가 밀려오다니?

사막의 건조함에 멈추지 않던 코피

라스베이거스로 가려면 악명 높은 모하비 사막을 넘어야 한다. 미국 서부 캘리포니아 · 네바다 · 애리조나 · 유타에 걸쳐 있는 모하비는 태양이 지배하고 달이 복수하는 곳이다. 미국에서 가장 건조한 이곳에는 낮에는 살을 태우는 듯한 열기가, 밤에는 뼛속을 파고드는 한기가 번갈아 덮쳐 온다.

태양이 작열하는 한낮. 도로 옆으로 듬성듬성 보이던 건물들은 자취를 감췄고, 드넓은 황토빛 평야와 벌거숭이 바위산들만이 풍경을 가득 채웠다. 나는 점점 모하비 사막의 심장부로 들어서고 있음을 직감했다. 물 한 모금도 귀한 이 황량한 땅에서 네이티브 아메리칸들은 어떻게 수천 년을 살아온 걸까? 이 메마른 사막 한가운데 사람들은 어떻게 라스베이거스라는 거대한 도시를 세운 거지? 경외심에 감탄이 절로 나왔다.

아침부터 산길이 계속되었다. 50kg이 넘는 짐을 싣고 가파른 산을 오르자 마치 두 허벅지로 바위를 끌고 올라가는 듯했다. 근육은 찢어질 듯 비명을 질렀고 곧 익숙해질 거라는 기대는 착각이었다.

"앞으로 이 미친 짓을 석 달이나 더한다고? 내가 정말 해낼 수 있을까. 무엇보다 이 고생이 과연 무슨 의미가 있지? 지금 포기하고 돌아가면, 미국 애들 사이에서 호언장담만 해놓고 자전거 타다 도망간 애로 기억될 텐데…."

비로소 미국 친구들이 왜 그토록 만류했는지 알 것 같았다. 이 땅을 개척했던 서부의 후예들은 이 땅의 거칢과 잔혹함을 누구보다 잘 알고 있었던 것이다.

생존을 위해 길 한가운데서 짐을 전부 풀어헤쳤다. 필수품을 제외한 나머지는 과감하게 버리며 자전거 무게를 줄였다. 아끼던 청바지를 내려놓을 때 마음이 아팠지만 시리우스는 그만큼 가벼워졌다.

얼마나 달렸을까. 몸은 이미 기진맥진했고 현기증이 몰려왔다. 생전 피한 번 흘려본 적 없던 내 코에서 뜨거운 액체가 흘러나왔다. 각종 스포츠로 체력을 단련했건만 시작부터 이렇게 무너질 줄이야. 무엇보다 제대로 먹은 게 없는 탓이 가장 클 것이다.

도로 위로 점점 멀어지는 병권이의 뒷모습이 보였다. 바둑돌처럼 작아진 녀석의 뒤통수가 가파른 오르막보다 더 얄밉게 느껴졌다. 저 녀석은 유일한 친구가 생사를 건 사투를 벌이고 있는 줄도 모르고 뒤도 한 번 돌아보지

그 여름의 아메리카

않은 채 무식하게 페달만 쌩쌩 밟고 있다.

"저 녀석을 앞질러서 시야 안에 반드시 들어가야 한다. 그렇지 않으면…이 사막 한가운데 홀로 버려질지도 몰라."

이를 악물고 한 시간을 달린 끝에 간신히 병권이를 따라잡았다.

"야, 니 코피 난다. 괜찮나? 좀 쉬었다 가자."

"별거 아니다. 사막 공기가 좀 건조해서 그런가 보지. 계속 가자."

대수롭지 않은 척 말하며 그를 앞질렀지만 사실 그건 남자의 자존심을 지키려는 처절한 몸부림이었다. 그걸 이제야 봤냐, 이 자식아. 사나이가 어떻게 "친구야, 가끔은 뒤돌아보며 혹시 내가 쓰러져 있지는 않은지 확인해 줘." 따위의 말을 하겠냐.

도로 옆으로 반짝이는 수영장이 눈에 들어왔다. 나는 세상에서 가장 불쌍한 얼굴로 수영장 관리인에게 다가갔다. "딱 일 분만요… 제발요." 관리인은 잠시 우리를 훑어보더니 고개를 끄덕였다. 그렇게 우리는 삼 분간 천국을 다녀왔다.

해가 지기 전, 작은 마을에 도착한 우리는 초인종을 누르기 시작했다.

"안녕하세요. 저희는 LA에서 자전거로 미국을 일주 중인 한국인입니다. 실례가 안 된다면 마당이나 차고 한쪽에 텐트를 칠 수 있을까요?"

이런 시골 마을에 자전거에 짐을 잔뜩 싣고 돌아다니는 동양인 남자 둘이 낯설기도 할 테지. 열 집, 열두 집을 지나 열다섯 번째쯤 되었을까. 희끗희끗한 머리칼에 고운 미소를 띤 할머니가 문을 열었다. 자초지종을 듣던 그녀는 머뭇거리더니 조심스레 입을 열었다.

"여자 혼자 사는 집에 낯선 남자 둘을 재우는 건 조금 무섭네요."

나는 어느새 설득의 달인이 되어가고 있었다. 도둑도 범죄자도 아니라는 걸 보여주기 위해 온갖 말을 다 해보았다. 하지만 할머니는 끝내 마음을 놓지 못했다.

"옆집에 아는 경찰이 있어요. 혹시 그 사람이 도와줄 수 있을지도 몰라요. 기다려 봐요."

하지만 수화기 너머로는 신호음만 길게 이어질 뿐이었다. 체념한 우리는 감사 인사를 드리고 발길을 돌렸다. 그런데 그때,

"Boys!"

문이 다시 열렸다.

"이 근처엔 코요테와 퓨마가 사람을 공격하는 일이 잦아요. 방은 어렵지만 마구간은 내어줄 수 있는데, 괜찮겠어요? 말들은 우리 안에 둘 테니 걱정하지 말아요. 말똥도 치워줄게요."

우리는 야호 환호성을 질렀다. 마구간 바닥은 흙과 풀과 건초가 섞여 폭신폭신했고, 시원한 저녁 바람이 텐트 안으로 싱그러운 건초 냄새를 실어왔다. 옆에서는 말이 콜콜 코를 고는 소리는 자장가처럼 들렸다.

"야, 예수님도 마구간에서 태어나셨잖아."

"그럼 우리도 오늘은 성스러운 잠자리네."

사막의 밤하늘은 어느 때보다 고요하고 따뜻했다.

그 여름의 아메리카

멀어져 가던 병권이의 얄미운 뒷모습

사막에서 만난 가장 안전하고 따뜻했던 마구간

05

6·25 전쟁 영웅 후손이 건넨 축배

한국전쟁 참전용사의 아들이자 경찰관인 랜디(Randy) 아저씨의 술집

아침 공기가 얼굴을 스치며 잠을 깨웠다. 갈 길이 먼 우리는 평소보다 일찍 일어나 떠날 채비를 했다. 무엇보다도 밤새 낯선 동양인 두 남자 때문에 불안해 마음을 졸이셨던 할머니께 더는 걱정을 끼치고 싶지 않았다. 텐트를 걷고 나서는데, 마구간 입구에 놓인 작은 상자가 보였다. 상자 안에는 초콜릿바와 음료가 가지런히 담겨 있었다.

"아아…."

순간 눈물이 핑 돌았다. 어젯밤 할머니는 우리를 마구간에 들인 뒤에도

그 여름의 아메리카

여전히 불안했는지 집 대문을 단단히 걸어 잠그셨다. 그런데 이른 새벽녘, 우리가 떠나기 전에 먹으라고 이 간식들을 몰래 두고 가신 것이다. 그 모습을 상상하니 가슴이 미어졌다. 감사 인사를 어떻게 드려야 할까, 잠시 고민했다. 하지만 어서 발길을 옮기는 것이 그녀를 안심시키는 길인 것 같아 서둘러 짐을 챙겼다. 그때였다.

"Good morning, boys! 좋은 아침이에요!"

대문이 덜컥 열리며 할머니가 활짝 웃는 얼굴로 걸어 나왔다. 그 뒤로는 기골이 장대한 두 남자와 함께했다. 한 사람은 어젯밤 그녀가 연락했던 옆집 경찰관 랜디 아저씨, 다른 한 사람은 걱정된 마음에 한달음에 달려온 할머니의 아들이라고 했다. 호탕한 랜디 아저씨는 어제 야근하느라 전화를 받지 못했다며 어깨를 툭 쳤다. 곧이어 그는 "Come on! Let me show you my place! 자, 이리 와! 내 집을 보여줄게!" 하며 손짓했다. 떠나기 전 기념사진을 찍는데, 할머니가 고개를 돌리며 눈가를 훔치셨다. 어젯밤 우리를 방 안에서 재우지 못한 게 마음에 걸리셨던 모양이다. 그녀의 따뜻한 진심이 가슴을 포근히 감쌌다.

랜디 아저씨 집은 으리으리한 대저택이었다. 정원에는 사냥 전리품들과 색이 바랜 미국 국기가 걸려 있었다. 현관문이 열리자마자 그는 부엌과 창고를 오가며 분주하게 움직이기 시작했다.

"라스베이거스로 가려면 모하비 사막을 건너야 하지. 준비를 단단히 해야 할 거야."

1950년대 서울의 모습(영정사진 밑에서 왼쪽)

    그는 로프와 여분의 물통, 입술 보호제, 자전거 수리용품, 그리고 초콜릿과 에너지바까지 꼼꼼히 챙겨주었다. 마치 오래된 친구의 마지막 여정을 배웅하는 사람처럼. 잠시 후, 그는 마당 한편에 있는 자그마한 오두막으로 이끌었다.

    "내가 직접 나무를 깎고 못을 박아 만든 술집이라네."

    문 위에는 'Randy Bar(랜디의 술집)'라는 손글씨 간판이 큼지막하게 걸려 있었다. 문을 삐걱 열고 들어가자, 술 냄새가 향긋하게 감돌았고 낡은 스피커에서는 은은한 음악이 흘러나오고 있었다. 벽에는 그가 사냥해서 박제한 너구리, 곰, 사슴, 뱀 등이 빼곡했다. 하지만 우리의 시선을 붙잡은 건 따로 있었다. 벽 한쪽에 걸린 한 장의 흑백 사진. 1950년대 전쟁의 흔적이 채 가시지 않은 서울의 모습이 담겨 있었다.

    "이 사진이… 어떻게 여기 있는 거죠?"

그여름의 아메리카

"내 아버지가 찍은 거네. 한국전쟁에 참전하셨지."

그 옆에는 군복 차림의 영정사진이 놓여 있었다. 나는 공손하게 자세를 고쳐 앉았다.

"아버님의 헌신 덕분에 지금의 서울은 전쟁의 상흔을 딛고 빌딩과 불빛으로 가득한 도시가 되었습니다. 이런 영웅이 계셨기에 제가 오늘 이 자리에 설 수 있게 되었네요."

고개를 끄덕이는 그의 눈빛에는 자부심과 그리움이 어려 있었다. 잠시후 그는 냉장고에서 빛바랜 라벨이 붙은 고급 양주 네 병을 꺼내 우리 앞에 조용히 내려놓았다.

"선물이네. 석 달 뒤, 대륙 횡단을 마치면 이걸로 축배를 들어. 그리고 기념사진을 나에게 꼭 보내주게."

랜디 아저씨와 굳게 악수한 뒤 다시 페달을 밟았다. 얼마 지나지 않아 가로로 끝없이 펼쳐진 초록빛 경작지가 바람을 타고 흔들리는 물결처럼 넘실대기 시작했다. 이 힘찬 생명력을 뿜어내는 농경지는 대체 정체가 무엇일까. 양파밭인가 아니면 파밭인가. 농경지 풍경만으로 이런 감동을 줄 수 있다니 역시 미국 최대의 농업 주 캘리포니아답구나. 비옥한 토지를 품은 캘리포니아는 미국 식탁에 오르는 과일, 견과류, 채소의 40%를 책임진다.

풍요로움에 너무 취한 탓인지, 표지판을 잘못 읽어 그만 모랫길에 접어들고 말았다. 적당히 불편하다 말겠지 했던 내 생각은 순진한 착각이었다. 산맥의 오르막도 힘들었지만 모래길은 다른 차원의 고통이었다. 두꺼운 모래는 늪지대가 되어 바퀴를 붙잡아 당겼고, 페달은 본연의 의무를 잊은 채 푹푹 잠겨 굴러갈 생각을 하지 않았다. 할 수 없이 안장에서 내려 자전거를 끌고 가야 했는데, 한 걸음 한 걸음 옮길 때마다 강제 노동하는 노예가 된 기분이었다.

"병권아, 그냥 돌아갈까? 이거 끝이 안 보이는데."

"이미 두 시간이나 왔잖아. 뒤돌아갈 수는 없어."

얼마나 더 버텼을까. 저 멀리서 검은색 아스팔트 도로가 아지랑이 속에 모습을 드러냈다.

"드디어 살았다!"

자전거를 홱 던진 나는 뜨겁게 달궈진 아스팔트 위에 조용히 무릎을 꿇었다. 그리고 땅에 입술을 대고 속삭였다.

"Glad to see you again, baby. 자기야, 다시 만나서 반가워."

초록빛 물결로 대륙의 생명력을 보여주던 캘리포니아의 광활한 경작지

06 "함께 싸우다 죽자."라는 두 남자의 약속

배수구 터널에서 퓨마를 쫓기 위해 모닥불을 피우는 명권이와 취사 중인 나

캘리포니아를 벗어나 마침내 태양의 나라 네바다주에 들어섰다. 미국 서부의 황량한 대지, 메마른 숨결이 스며 있는 땅. 이름은 '눈 덮인 땅'을 뜻하는 스페인어 '네바다(nevada)'에서 왔다지만, 아이러니하게도 이곳은 뜨거운 모래가 가득한 곳이다. 모하비 사막과 그레이트 베이슨 사막이 맞닿은 이 땅에는 여행자를 시험하는 죽음의 계곡이 잠들어 있다.

많은 사람들이 네바다를 라스베이거스나 리노 같은 유흥의 도시로 기억하지만 사막의 모래바람 뒤에는 또 다른 얼굴이 숨어 있다. 바로 세계에서 가장 미스터리한 군사 기지 51구역이다. 외부에는 첨단 항공기와 무기 개발 시설이라 알려졌지만, 수십 년간 이곳은 UFO 목격담과 외계 생명체 음모론의 중심 무대였다. 길가 곳곳에 세워진 제한구역 표지판은 그 베일을 짙게 드리우고 있었다.

"혹시 여기가 그 비밀기지 아냐? 아주 잠깐만… 안쪽을 살짝 훔쳐보는 건 괜찮지 않을까?"

순간 장난기 어린 모험심이 불쑥 고개를 들었다. 하지만 곧 영화 속 주인공이 비밀기지를 우연히 발견하자마자 경고음과 함께 시작되는 추격전이 번개처럼 스쳐 지나갔다. 그래, 나는 세상을 구경하러 왔지 작별하러 온 게 아니야.

무자비하게 내리쬐는 태양 아래, 우리는 자그마치 120km를 달렸다. 여행을 시작한 이래로 가장 많이 달렸는데, 이는 LA에서 시카고로 이어지는 고속도로(freeway)를 탄 덕분에 가능한 일이었다. 보통 자전거가 고속도로에 들어서면, 미국인들은 신경질적으로 경적을 울리며 "야, 고속도로에서 자전거 타면 불법이야! 당장 나가!"라고 소리치곤 한다. 그리고 3분도 채 되지 않아 사이렌을 울리며 경찰차가 앞을 가로막는다. 정말 이 나라 사람들의 신고 정신 하나만큼은 알아줘야 한다. 하지만 이상하게도 오늘 만난 경찰관은 우리를 멈춰 세우고는 뜻밖의 말을 꺼냈다.

"이 구간만큼은 고속도로에서 자전거 주행이 합법입니다."

"정말요? 야호!"

"잠깐만요. 왜 합법인지 이유를 들으면 그렇게 기쁘지만은 않을 겁니다."

경찰관은 걱정스러운 표정으로 이야기를 이어갔다.

"이제부터는 완전한 사막지대이고 도로는 이거 하나뿐입니다. 사람도 거

모하비 사막(Mojave Desert)의 고속도로

그 여름의 아메리카

의 안 살고 음식이나 물을 살 곳도 없어요. 차가 지나갈 거라는 기대도 안 하는 게 좋습니다. 혹시 신변에 문제가 생겨도 도움은 기대하기 힘들 겁니다."

하지만 사람은 때때로 듣고 싶은 말만 듣는 법. 고속도로를 탈 수 있다는 말만 기억한 우리는 그의 진심 어린 충고 따위는 마이동풍으로 흘려버리고 열심히 페달을 밟았다. 잠시 후 정말로 맥도날드도 슈퍼마켓도 보이지 않는 사람의 흔적이 완전히 사라진 황량한 세계가 펼쳐졌다.

"펑."

젠장, 오늘만 벌써 세 번째다. 사막의 태양 아래 펑크를 때우는 일은 고문에 가까웠다. 뜨겁게 달궈진 고무는 손끝에 달라붙고 코피가 흘러내렸다. 곧이어 하루 종일 굶으며 사막을 달린 탓에 창자가 이리저리 날뛰기 시작했다. 고속도로 갓길에서 신라면을 부숴 먹으며 배를 달랜 뒤 잠시 목을 축였다.

"우창아, 이제 물이 다 떨어졌네. 오늘 저녁에 라면도 못 끓여 먹겠다. 그것보다 목마르면 어쩌지."

그의 말은 오늘 밤이 정말 위험할 수도 있다는 신호였다. 해가 서쪽으로 기울자 어둠이 순식간에 사막을 덮었다. 그때 멀리서 오아시스처럼 무언가가 희미하게 반짝였다. 제발 가게였으면 좋겠다, 제발. 우리는 미친 듯이 불빛을 향해 페달을 밟았다.

"아, 살았다!"

비틀거리며 슈퍼마켓 문을 밀치고 들어가 1.5L 생수병을 집어 들었다. 계산대에 닿기도 전에 병뚜껑을 비틀어 열고 물을 벌컥벌컥 들이켰다. 차가운 물줄기가 목을 타고 내려가자 잠자고 있던 온몸의 혈관이 깨어나는 듯했다. 주인아주머니가 미친 사람 보듯 우리를 바라봤다.

"오토바이 타는 나도 죽을 지경인데 자전거라니… 정말 대단하다."

옆에서 주유하던 청년이 말을 건넸다. 흙먼지로 뒤덮인 그의 얼굴에는 선글라스 자국을 따라 뜨거운 열기에 그을린 흔적이 선명했다.

"방금 모하비 사막을 지나왔어. 태양이 얼마나 뜨거운지 콧구멍이랑 귀 안쪽까지 화상을 입을 정도야. 거기에도 선크림 꼭 발라. 진심이야. 그리고 아스팔트에서 반사되는 햇빛은 눈동자를 태우니까 선글라스 절대 벗지 마!"

청년과 작별한 뒤 저녁거리로 소고기 두 팩을 샀다. 갑자기 거센 모래 폭풍이 몰아치기 시작했고 우리는 휘청거리며 슈퍼마켓으로 되돌아가 가게 옆에 텐트를 치게 해달라고 간청했다. 그녀는 우리를 아래위로 훑어보더니 단호하게 고개를 저었다. 와… 이 사막보다 더 삭막한 사람을 보았나…. 물론 하루 종일 모래바람을 뒤집어쓴 꼴이 밤새 유리창이라도 깨고 음식을 훔칠 부랑자처럼 보였을지도 모른다. 하지만 어떻게 한 치 망설임도 없이 거절할 수 있단 말인가.

"앞으로 조금 가면 배수시설 하수구가 있어. 그 안에 텐트를 치면 바람에 날아가진 않을 거야. 참, 이 근처엔 퓨마가 낳으니까 조심하고." 그녀는 무심하게 말을 던진 뒤 서둘러 문을 쾅 닫았다.

하수구는 작은 동굴 같았다. 좁고 곰팡이 냄새로 가득했지만 적어도 바람은 막아주었다. 뭐, 그거면 충분했다. 우리는 얼른 라면을 끓이고 불판 위에 소고기를 올렸다. 지글거리는 소리와 함께 고소한 냄새가 사방에 퍼졌다. 지금 이 순간만큼은 세상 누구도 부럽지 않았다. 그때였다.

"캉캉!"

"야, 개 짖는 소리 들리지?"

"한두 마리가 아닌데? 그런데 이 근처엔 민가가 없잖아. 개가 있을 리가 없는데…."

순간 퓨마랑 코요테를 조심하라던 삭막한 아주머니의 경고가 번개처럼 뇌리를 스쳤다. 병권이가 재빨리 손전등으로 하수구 안쪽을 비추더니 피식 웃으며 말했다.

"하하, 우창아. 우리가 제 발로 호랑이 굴에 들어왔네. 여기 좀 봐."

손전등 불빛이 닿은 바닥에는 짐승의 발자국과 아직 축축한 배설물이 여기저기 널브러져 있었다. 등줄기를 타고 식은땀이 흘렀다.

"캉캉! 캉캉!"

울음소리가 더욱 요란하고 가까워졌다.

"이대로 있으면 잡아먹힌다. 어서 불을 피워야 해. 라면 잘 끓이고 있어라." 병권이가 손전등을 들고 동굴 밖으로 나가며 말했다.

나는 칼로 끓는 면발을 휘저으며 멀어져 가는 친구의 뒷모습을 지켜봤다. 만약 맹수들이 그를 덮치면 당장 뛰쳐나가 목숨 걸고 싸울 각오를 했다. 그나저나 놈들이 고소한 음식 냄새를 맡고 몰려드는 게 분명했기에 당장 저녁을 포기하고 조용히 잠드는 게 현명할 것이다. 하지만 하루 종일 굶주려 미친 듯이 펄떡대는 이 창자를 대체 무슨 수로 달랜단 말인가. 무엇보다 맹수와 맞서려면 힘이 있어야 할 거 아이가. 그렇게 자위하며 칼을 쥔 오른손에 힘을 주고 라면을 저었다. 왼손으로는 손전등을 들어 숲속을 비추며 사주경계를 늦추지 않았다.

잠시 후 병권이가 마른 덤불과 나무를 한아름 안고 돌아왔다. 곧이어 불길이 타오르며 하수구 입구를 붉게 물들였다. 짐승들이 서로를 부르며 울부짖는 소리가 동굴을 에워쌌다. 손전등을 숲속 어둠에 비추자 수십 개의 눈동자가 반짝였다. 과연 오늘 밤을 무사히 넘길 수 있을까.

드디어 라면이 완성되었다. 우리는 모닥불에 바짝 붙어 칼을 꼭 움켜쥔 채 라면과 소고기를 허겁지겁 입에 쑤셔 넣었다. 공포의 식사 시간이 끝나자 우리는 냄비, 참치캔, 프라이팬 등 음식 냄새가 밴 모든 물건을 텐트 반대편으로 멀찌감치 옮겼다. 프라이팬 위에는 친절하게 소고기 몇 점까지 구워 올려놓았다. 부디 놈들이 우리보다 저것들을 탐하기를….

초라한 텐트로 들어가 지퍼를 단단히 잠갔다. 맹수들의 울음소리에 태어나 처음으로 오늘 밤이 마지막이 될 수도 있다는 공포가 밀려왔다. 부모님 얼굴이 떠올랐다. 양주 안에 곤충까지 먹으면 힘이 솟는다던 랜디 아저씨의 말이 들려와, 양주를 한 모금에 들이켰다. 알코올의 열기가 잠시나마 긴장을 풀어주는 듯했다.

"병권아."

"왜?"

"우린 휴대전화도 안 되잖아. 여기엔 사람도 없고. 만약 한 명이 퓨마한테 물리면 도망가지 말고 같이 싸우다 죽자."

"알겠다. 손에 칼 꼭 쥐고 자라."

심장이 미친 듯 뛰었다. 온종일 모하비 사막을 건넌 몸은 더는 버티지 못하고 백기를 들었다. 칼자루를 꼭 쥔 우리는 서서히 깊은 어둠 속으로 끌려 들어갔다.

펑크 난 타이어를 땜질하는 중에도 멈추지 않던 코피

07 죽음의 계곡, 생존과 유혹의 하루

Day 7
5월 18일

끝이 보이지만 닿을 수 없던 오르막길

아침에 눈을 뜨자마자 손끝으로 먼저 사지가 온전한지 더듬어 보았다. 병권이도 옆에 무사히 누워 있었다. 텐트 지퍼를 내려 바깥을 보니 어제 두었던 고기와 라면이 그대로였다.

"병권아, 밤새 동물들이 안 왔나 봐. 모닥불이 효과가 있긴 하네."

"아니다, 이거 좀 봐라. 텐트 지퍼에 이빨 자국이랑 찢긴 흔적이 있네. 주변엔 새로운 발자국들도 찍혀 있다."

"이 녀석들, 어제 친절히 구워준 소고기는 거들떠보지도 않았네…. 살아 있는 고기를 원했던 거구나."

라스베이거스까지 남은 거리는 약 400km. 빠르면 이틀, 길면 사흘이면 닿을 것이다. 하루라도 빨리 그곳에 닿고 싶다. 아무도 이 길이 이토록 잔혹할 거라 알려주지 않았다. 그저 미친 짓이라며 고개를 저었을 뿐. 우리는 지금 세계적 사막 사하라와 어깨를 나란히 하는 모하비 사막 한가운데 있다. 이 길의 북쪽에는 풀 한 포기와 벌레 한 마리조차 보이지 않는 지구에서 가장 뜨겁고 건조한 땅, 죽음의 계곡이 잠들어 있다.

불가마 같은 열기가 온몸을 짓누른다.

달궈진 공기가 폐 속으로 밀려들어 숨이 막힌다.

허벅지는 찢어질 듯 비명을 지른다.

저 멀리 하늘까지 이어진 오르막이 아지랑이 속에 아른거렸다. 저 고개 넘으려면 한 시간이면 충분하지 않을까?

그건 참으로 슬픈 착각이었다. 세 시간이 지나도록 오르막은 요지부동으로 눈앞에 버티고 있었다. 손을 뻗으면 닿을 듯 가까워졌다가도 이내 멀어졌다. 마치 보이지 않는 거인이 도로 양 끝을 잡고 줄였다 늘렸다 하는 참혹한 고무줄놀이를 하는 것 같았다. 이 절망적인 상황 속에 내가 할 수 있는 건 끊임없이 전진하는 것뿐이었다. 가능하다면 이놈과 두 주먹으로 맞서 싸우고 싶은 심정이었다. 이 잔인한 녀석의 얼굴을 보지 않으면 조금이나마 마음이 더 편해지지 않을까 싶어 땅바닥에 고개를 처박았다.

하지만 이 길은 그 사소한 자비조차 허락하지 않았다. 고개를 숙이자 아스팔트에 반사된 햇살이 칼날처럼 눈을 찔렀다. 선글라스 따위는 아무 소용이 없었다. 마치 승리한 적장이 검으로 포로의 고개를 들어 올려 마지막 순간까지 자신을 각인시키듯, 이 길은 내게 고개를 치켜들 것을 명령했다.

그 흔한 나무 그늘 하나 보이지 않았다. 어쩔 수 없이 아스팔트 위에 그대로 서서 물을 한 모금 마셨다. 그런데 갑자기 발바닥이 꺅하고 비명을 질렀다. 열기가 신발 밑창을 뚫고 지지기 시작한 것이다! 아, 앉는 것도 서 있는 것도 허락되지 않는 여기가 정녕 죽음의 계곡이로다.

저 오르막이 오늘 끝날 거라는 기대를 버려라.

힘들다는 생각도 지워라.

그냥 페달만 밟는 거야.

혼미한 정신을 붙잡고 체념 속에 달린지 얼마나 지났을까. 도로 옆에 고장 난 차들이 줄지어 서 있었다. 보닛에서 하얀 연기가 피어오르고 녹아내린 타이어 고무가 검게 흘러내렸다. 황망한 표정의 운전자들이 우리를 보며 말했다.

"The bicycle is faster than the car. 자전거가 자동차보다 빠르네."

"허벅지는 고장 나지 않거든요. 쓸수록 오히려 더 강해지죠."

잠깐, 내가 이런 여유를 부린다고? 다행히 오늘 죽지는 않겠구나.

약 5시간이 흐르고 마침내 영원힐 것만 같던 오르막이 사라졌다. 뒤돌아본 길은 전쟁터였다. 물병을 하늘 높이 들어 올리자 승리의 달콤함이 목을 타고 흘러내렸다. 곧이어 기다리고 기다리던 내리막길이 펼쳐졌다.

"미쳤다… 자전거가 자동차 속도로 달린다!"

정말이지 브레이크가 고장 난 롤러코스터가 따로 없었는데, 가파른 경사 때문에 페달을 밟지 않아도 순식간에 시속 70km를 넘어섰다. 도로가 발밑에서 미끄러지듯 사라졌고, 브레이크를 살짝만 잡아도 앞으로 꼬꾸라질 듯한 아찔한 공포가 느껴졌다.

"조심해라! 옆으로 넘어져서 차에 치이면 죽은 목숨이다!"

"니나 조심해라! 돌멩이 하나만 밟아도 바로 날아간다!"

거대한 미끄럼틀은 우리 등을 세차게 밀었다. 한두 시간쯤 흘렀을까. 저 멀리 어둠 속에서 오아시스처럼 빛나는 라스베이거스가 보였다. 하지만 하루 종일 사투를 벌인 탓에 온몸은 녹초가 되었다. 할 수 없이 우리는 도시 입성을 내일로 미루고 비틀거리는 서로를 부축하며 근처 맥도날드 문을 밀고 들어갔다.

우리가 고른 건 늘 그렇듯 가장 저렴한 유아용 1,300원짜리 버거 네 개. 세트 메뉴는 사치였다. 빵은 손바닥만 했고 그 안에는 얇은 고기 패티 하나와 피클 몇 조각 그리고 대충 묻혀놓은 케첩이 전부였다. 콜라와 감자튀김은 감히 바라지도 않았다. 대신 점원에게 공짜로 받은 물을 들이켜며 스스로를 세뇌했다. "이건 콜라다… 이건 콜라다…." 그렇게 믿으니 그럭저럭 견딜 만했다. 하지만 문제는 감자튀김이었는데 이 녀석이 오늘 작정하고 나를 괴롭혔다. 건너편에 앉은 아저씨가 세트 메뉴를 받는 순간 황금빛 감자튀김이 빨간 상자 속에서 춤을 추기 시작했다. 내 마음속에서 소용돌이가 일었다.

"이번 한 번만 사 먹을까?"

"여행 3대 원칙 잊었어? 식비는 맥도날드 버거 4개로 해결한다. 초반부터 타협하면 3개월 일주는 물거품이야!"

야속하게도 식사 내내 시야에는 온통 감자튀김뿐이었다. 전광판 속 이 녀석은 윤기 있게 빛났고, 아저씨는 그것을 마치 예술품을 감상하듯 천천히 음미했다. 혹시 감자튀김을 먹다 남기진 않을까. 아니면 우리의 몰골을 보고 동정심에 한 상자쯤 사주시지 않을까.

간절한 염원은 전해지지 않았다. 인내심이 한계에 다다르자 이제는 위험한 생각마저 들기 시작했다. 솔직하게 말하고 감자튀김을 구걸해 볼까. 아니면 더 늦기 전에 슬쩍 몇 조각만 집어 올릴까. 어느새 그는 마지막 한 조각까지 말끔히 비우고 자리에서 일어났다. 혹시 떨어진 조각이 있을까 싶어 테이블 아래 바닥을 훑어보았다.

여러모로 오늘은 내 인생 최대의 수난시대인 듯했다. 이날의 강렬한 기억 덕분에 나는 지금까지도 맥도날드 감자튀김을 가장 좋아한다.

죽음의 계곡(Death Valley)의 내리막길에서 저 멀리 보이기 시작한 라스베이거스

그 여름의 아메리카

08 모하비의 아픔을 달래준 따뜻한 샤워

로리안 아주머니집 앞마당에서 오랜만의 아늑한 여유를 즐기고 있는 나

모하비가 남긴 영광의 상처가 온몸을 덮었다. 허벅지, 얼굴, 목 등 새빨갛게 익어버린 피부는 손끝만 스쳐도 비명을 질렀고 눈을 감으면 쓰라림은 더 선명해졌다. 새벽은 그렇게 더디고 더디게 흘러갔다.

샤워. 이 두 글자가 이토록 절실했던 적이 있을까. 9일 동안 씻지 못하고 흙먼지와 땀에 절어 움직일 때마다 쉰내가 났고 땀과 모래가 굳은 피부는 갑옷처럼 내 몸을 감쌌다.

아침으로 대충 뭔가를 씹어 삼킨 뒤 시리우스 등에 올랐다. 저 멀리 라스베이거스의 네모난 호텔들이 햇살 속에서 윤곽을 드러내기 시작했다. 언제 닿을지는 모르지만 그래도 눈에 보인다. 모하비 사막은 늘 이랬다. 가까워 보이지만 손에 잡히지 않는 마법으로 사람을 놀려댄다.

아, 그래도 이 도로가 있어서 얼마나 다행인가. 이 광야를 뚫고 처음 길을 낸 서부 개척자의 땀과 용기가 고마웠다. 그들 덕분에 나 역시 이 사막에서 길을 잃지 않고 달리고 있으니까. 하지만 나는 도대체 얼마나 철없었던가. 어딘가에 자전거 도로쯤은 있을 거라는 막연한 믿음으로 출발했지, 고속도로 한복판을 달리게 될 줄은 상상도 못 했다. 거기다 준비물이라고는 통장에 120만 원과 자전거 그리고 물통뿐이었으니.

그럼에도 이 무모한 여정을 시작하게 된 중요한 이유가 있었다. 그것은 미국 땅에서 내 존재감을 찾고 싶었기 때문이다. 유학 생활 중 가장 놀랐던 건, 흑인과 백인이 자연스럽게 어우러지는 풍경 속에서 아시아인들만은 섬처럼 고립되어 끼리끼리 모여 있다는 사실이었다. 이유를 물으면 늘 비슷한 대답이 돌아왔다. "미국 애들은 원래 그래. 아시아인을 무시하거든." 하지만 내게는 변명처럼 들렸다. 부모님이 힘겹게 마련해주신 유학의 시간을 그렇게 흘려보낼 수는 없었다. 나는 그때 굳게 다짐했다. 저 유리천장을 반드시 깨고 말겠노라고.

이유가 무엇일까 곰곰이 숙고해 보았다. 언어의 문제일까? 하지만 제법 유창하게 말하던 나조차 세 명 이상의 미국인 무리 앞에서는 순식간에 주변인으로 전락하곤 했다. 그렇다면 인종차별일까? 내가 경험한 미국은 피부색보다 개인의 역량과 경험을 먼저 보는 사회에 가까웠다. 남다른 재능이나 매력적인 이야깃거리를 가진 사람은 자연스럽게 그들의 세계로 녹아들었다. 우리에게 없었던 건 바로 그것이었다.

그러면 왜 아시아인들은 보통 이야깃거리가 없는 지루한 사람으로 비칠까? 나는 그 답을 우리가 자라온 환경에서 찾았다. 좁은 국토와 빈약한 자원을 가진 한국은 수출에 의존하는 불안정한 구조를 지녔다. 자연스레 안정적인 고소득을 보장하는 대기업이나 공무원, 전문직이 선망의 대상이 되었고, 교육은 그 좁은 관문을 통과하기 위한 도구가 되었다. 좋은 대학에 들어가는 것이 곧 성공이었고 시험은 사고와 표현보다 정답을 요구했다. 우리는 말하기보다 외우는 데 익숙해졌고 침묵하는 법을 배웠다.

반면 미국은 달랐다. 광활한 영토와 다양한 산업 체계 안에서 공부는 생존을 위한 유일한 길이 아니었다. 기술자나 트럭 운전사도 전문성만 있다면 충분한 존중과 보상을 받았다. 의사나 판사가 아니더라도 삶의 선택지는 사방으로 열려 있었다. 덕분에 교육은 경쟁과 선발이 아닌, 경험을 확장하는 과정이 될 수 있었다. 현장 체험과 토론, 체육과 예술 활동이 교육의 중심을 이루고 있었다.

이러한 차이는 대화 속에서 고스란히 드러났다. 우리의 이야기가 시험과 성적 주변을 맴돌 때, 그들의 대화는 생생한 삶의 장면으로 뻗어 나갔다. 골프와 테니스, 야구와 농구, 미식축구 등 온갖 스포츠를 섭렵한 경험부터 서핑 중 상어를 마주하거나, 숲에서 곰을 만난 이야기까지…. 그 화려한 모험담 앞에서 야간자율학습을 도망치거나 벼락치기를 했던 우리의 이야기는 밋밋하고 초라하게 느껴질 수밖에 없었다.

문화적 요인도 한몫했다. 군자는 모름지기 말수가 적고 신중해야 한다는 유교적 가르침은 우리에게 미덕이었지만, 자기 생각을 분명히 밝히고 대화를 주도하는 것을 높게 평가하는 미국 사회에서는 보이지 않는 장벽이었다.

결국 이것은 개인의 성격 문제가 아니라, 서로 다른 사회와 교육이 빚어낸 문화적 충돌이었다. 하지만 로마에 왔으면 로마법을 따라야 하는 법. 나는 그들의 문화적 중심이자 존중의 열쇠인 '스포츠'로 소통하려고 애썼다. 그들은 스포츠가 요구하는 꾸준한 끈기와 치열함, 그리고 공정한 경쟁의 가치를 무엇보다 깊이 신뢰하기 때문이었다.

교내 기숙사 축구 대항전에 대표로 선발된 나는 보란 듯이 골망을 흔들며 팀을 승리로 이끌었다. 그날 이후 친구들의 시선이 눈에 띄게 달라졌다. 먼저 건네는 하이파이브와 투박한 어깨동무 그리고 끊이지 않는 웃음소리까지. 이방인이던 내가 비로소 그들 속에 자연스럽게 섞여 들던 순간이었다. 하지만 그 환희는 그리 오래가지 않았다. 며칠 뒤, 식당에서 마주친 덩치 큰 친구가 피식 웃으며 내게 말을 건넸다.

"Alex, 너 그 축구(Soccer) 말이야. 그거 사실 여자애들이 하는 스포츠인 거 알지? 진짜 남자의 축구는 미식축구(American Football)야. 이번 주 토요일에 한 판 어때?"

그의 거대한 체격을 훑어보며 속으로 생각했다. 내가 병원 갈 일이 있니? 너희랑 미식축구를 했다간 히리가 만으로 섭히겠지. 괴물 같은 체격을 가진 그들과 몸을 부딪치는 종목에서 경쟁하는 건 그야말로 무모한 짓이었다.

그때 깨달았다. 그들이 짜놓은 무대 위에서 똑같은 방식으로 경쟁할 것이 아니라, 나만의 무대를 만들어야 한다는 걸. 헤라클레스 같은 체격은 없어도 고통을 견디는 끈기와 정신력만큼은 자신 있었다. 그때 머릿속을 스친 것이 바로 자전거 대륙 일주였다. 모험심 강한 미국인들조차 감히 엄두 내지 못할 이 험난한 여정을 완주해 낸다면, 그 어떤 유창한 말보다 강하게 나를 증명할 수 있으리라. 나는 곧바로 페달을 밟기 시작했다. 서부 개척자에 지지 않는 불굴의 도전 정신을 가진 한국인으로서 그들과 어깨를 나란

그 여름의 아메리카

히 하기 위해, 그리고 나만의 낭만 서사를 써 내려가기 위해.

이런저런 생각을 하며 달리는 사이, 희미하게 빛나던 네모난 호텔들이 제법 뚜렷한 형태를 갖추기 시작했다. 그토록 염원했던 라스베이거스의 입구가 마침내 모습을 드러낸 것이다.

"아아…."

탄식이 저절로 흘러나왔다. 끝날 것 같지 않던 잔혹한 형벌을 견디며 아홉 날을 달려온 끝에 마침내 이곳에 도착했다. 하지만 그때, 갑작스레 가슴 한쪽이 서늘해지며 속이 뒤틀리는 불편함이 찾아왔다. 그토록 고대하던 도시에 도착했건만 왜 핸들을 꺾어 도망치고 싶은 충동이 생기는 걸까. 도대체 왜.

하늘을 찌를 듯 솟아오른 거대한 건물들은 마치 "내가 세상의 중심이다!"라고 외치는 듯했고, 그 위압감은 나를 한없이 초라하게 만들었다. 사막 한복판에 불쑥 솟아난 이 도시는 자연과의 조화 따위는 잊은 듯했다. 자연의 힘에 도전하며 인간의 위대함을 과시하려는 욕망의 결정체였고 그 안에 겸손함은 한 조각도 찾아볼 수 없었다. 뉴욕, 런던, 파리, 프랑크푸르트, 로마, 만리장성 등 세계 여러 명소들을 눈에 담아봤지만 이런 종류의 이질적인 문화충격은 처음이었다. 돌아갈까? 그 말도 안 되는 생각이 잠시 스쳤다.

'이미 늦었어, 이놈아. 피땀 흘려 여기까지 와 놓고 물러설 수는 없잖아.'

나는 크게 심호흡하고 마음을 가라앉혔다. 그리고 허벅지에 힘을 실어 라스베이거스 문턱에 서서 하늘 높이 두 손을 치켜들었다.

"Veni, Vidi, Vici! 왔노라, 보았노라, 이겼노라!"

로마의 장군 율리우스 카이사르가 젤라 전투 승리 후 원로원에 보낸 보고문이, 2,000년 세월을 건너 오늘 라스베이거스 위에서 다시 울려 퍼진 것이다! 나는 황제처럼 위풍당당하게 고개를 치켜들고 도시를 활보했고 라스베이거스 시민들은 고대 로마의 원형경기장을 가득 채운 군중이 되어 나에게 환호성을 보냈다.

하지만 행복은 오래가지 못했다.

"펑!"

자전거 타이어가 또 비명을 지르며 괴사했다. 길가에 주저앉아 땀을 뻘뻘 흘리며 펌프질을 반복했다. 팔은 천근만근이었고 짜증이 머리 꼭대기까지 치밀어 올랐다. 그때 은빛 벤츠 한 대가 우리 앞에 멈춰 섰다.

"자전거 여행 중이신가요? 저도 자전거 애호가라서요. 점심 한 끼 사드리고 싶어요."

순간 어안이 벙벙했지만 신사의 눈빛은 진지했다. 그는 30분 전, 길가에서 애처롭게 펌프질하던 우리를 보고 도저히 그냥 지나칠 수 없어서 차를 돌렸다고 했다. 성형외과 의사라는 그는 환하게 웃으며 물었다.

"Would a sandwich be okay? 샌드위치 괜찮겠어요?"

"Of course, sir! 당연하죠!"

그가 이끈 곳은 '서브웨이'라는 샌드위치 가게였다. 처음 보는 복잡한 메뉴판 앞에서 우리가 어리바리하게 서 있자, 그는 단골처럼 능숙하게 주문을 대신 해주었다.

"Pick some cookies, too! 쿠키도 고르세요!"

우리가 쭈뼛쭈뼛 망설이자 그는 웃으며 쿠키를 종류별로 담아 우리 품에 안겨 주었다. 그리고 곧 수술 시간이라며 행운을 빈다는 인사를 남긴 채 서둘러 떠났다.

쿠키는 눈물 날 만큼 맛있었다. 무엇보다 이 가게는 우리에게 새로운 세상을 열어주었다. 맥도날드의 천 원짜리 햄버거로 끼니를 버텨오던 우리에게 이삼천 원만 더 보태면 씹는 맛도 있고 채소와 고기가 들어간 음식을 먹을 수 있다는 사실을 알려준 것이다. 오래간만에 포식한 우리는 라스베이거스 시내를 보러 가기 위한 예우를 갖추기 위해 가게 화장실에서 세수와 양치를 했다.

도시는 매혹적인 향수를 여기저기 뿌려대고 있었다. 대형 카지노 호텔마다 화려한 네온사인이 번쩍였고, 사방에서는 음악과 웃음소리가 터져 나왔다. 술에 취한 사람들은 비틀거리며 거리를 떠돌았고, 곳곳에서는 함성이 끊임없이 울려 퍼졌다. 하지만 자전거와 짐 때문에 어디 구경을 제대로 할 수가 있나. 잠시라도 눈을 떼는 순간 흔적도 없이 사라질 것이 뻔했다. 그렇다고 어렵사리 도착한 도시를 구경 한 번 제대로 못 하고 떠나야 한다니. 억울함이 목구멍까지 치밀어 올랐다.

"할 수 없지. 오늘만큼은 융통성을 발휘해서 숙박비를 좀 쓰자."

큰맘 먹고 길모퉁이의 허름한 모텔 문을 두드렸다. 하지만 하룻밤에 20만 원이 훌쩍 넘는다는 무시무시한 대답을 듣자마자 그대로 뛰쳐나왔다. 사막을 뚫고 이곳까지 실어다 준 애마 시리우스가 순간 애물단지처럼 느껴졌다. 아… 너 때문에 지금 베가스를 못 보게 생겼잖아.

배은망덕한 나는 곧 정신을 차리고, 토라진 시리우스의 등을 토닥이며 거리를 걷고 또 걸었다. 어느새 어둠이 짙게 깔렸고 우리는 어김없이 맥도날드 신세가 되었다.

"도대체 오늘은 어디서 자야 하나. 정말 길바닥에 서서라도 자야 하나…."

막막한 한숨을 내뱉던 그때 인터넷을 뒤적거리던 병권이가 보물이라도 발견한 듯 외쳤다.

"우창아, 이거 봐라. 웜샤워(Warmshowers)라는 게 있네!"

이름 그대로 '따뜻한 샤워'를 뜻하는 이곳은 전 세계 자전거 여행자들이 숙박과 샤워를 무료로 공유하는 네트워크였다. 보통은 며칠 전 미리 약속을 잡는 것이 예의였으나 생존이 급급했던 우리에게는 다른 방법이 없었다. 우리는 베가스 지역 회원들에게 닥치는 대로 메시지를 보내고 전화를 걸어 간청하기 시작했다.

"안녕하세요, 저희는 20대 한국인 자전거 여행자 두 명인데요…."

"미안하지만 오늘 밤은 곤란하네요. 며칠 전에 연락을 주셨으면 좋았을 텐데요."

거절이 스무 번쯤 이어진 후 한 아주머니가 잠결에 전화를 받았다.

"몇 명이죠? 몇 시쯤 도착할 예정인가요?"

"한국인 청년 두 명입니다! 늦은 시간에 정말 죄송합니다. 대략 11시쯤 도착할 것 같아요. 방금 막 사막을 지나 이곳에 도착하느라 연락이 늦었습니다. 그리고 사실… 오늘 처음 웜샤워를 알게 됐어요."

잠시 정적이 흘렀다.

"… 한국인이라고요?"

"네, 남한입니다. 북한 아닙니다."

수화기 너머로 아주머니 웃음소리가 새어 나왔다. 그녀는 남편이 자고 있으니 도착하면 초인종 대신 전화를 달라고 했다. 드디어 잘 곳을 찾은 우리는 약속 시간에 늦지 않기 위해 어둠 속을 전속력으로 질주했다. 선두에는 병권이가 있었는데, 이 녀석은 머릿속에 미니 로드맵을 심어둔 게 틀림없었다. 맥도날드 와이파이로 찍어둔 지도 한 장만으로 이 어둠 속에서 마치 고향길을 달리듯 망설임 없이 핸들을 꺾었다. 이것이 말로만 듣던 수능

그 여름의 아메리카

수리영역 가형 만점자의 공간지각능력인가.

여정 아홉째 날이 되자 우리의 역할은 자연스레 자리를 잡았다. 병권이
는 길 위의 나침반이었다. 미궁처럼 복잡하게 얽힌 갈림길에서도 그는 아
리아드네의 실타래를 쥔 것처럼 흔들림 없이 목적지를 향해 나아갔다. 또
한 그의 손은 헤파이스토스의 손이었다. 천마의 다리를 돌보고, 연회의 탁
자와 갖가지 도구를 만들어 올림포스의 하루를 움직이게 했던 명공처럼,
녀석의 손이 닿으면 고장 난 자전거도 금세 생명력을 되찾았다.

반면 나는 마음의 문을 여는 열쇠였다. 책과 사람을 통해 차곡차곡 쌓아
온 언어와 문화에 대한 이해는 때때로 큐피트의 화살이 되어 사람 사이의
벽을 허물었다. 나는 말의 순서를 조율하고 감정의 높낮이를 살폈다. 때로
는 유쾌한 농담으로 경계심을 녹였고, 때로는 진중한 침묵으로 신뢰를 쌓
았다. 그러자 닫혀 있던 마을의 문이 열렸고, 어느새 우리는 저녁 식탁에
앉아 있었다. 굳은 표정으로 다가오던 경찰들조차 미소를 지으며 조용히
발걸음을 돌렸다. 그렇게 우리는 서로의 빈자리를 채우며 길 위의 험난한
고비를 하나씩 넘기고 있었다.

마침내 병권이가 어느 커다란 대문 앞에서 자전거를 세웠다.

"우창아, 이 집이다. 벌써 열한 시 반인데… 괜찮을까? 혹시 주무시고 있
으면 어쩌지. 오늘 여기서 못 자면 우린 길바닥이야."

나는 떨리는 손끝으로 다이얼을 눌렀다. 수화기 너머로 아주머니의 졸린
목소리가 들려왔다. "… 조용히 마당으로 들어오세요."

연신 고개를 숙이며 감사의 인사를 전하는 우리에게, 아주머니는 남편이
깨지 않게 조심해달라는 당부와 함께 내일 아침에 보자는 인사를 남기고 조
용히 집 안으로 들어갔다. 낯선 집 앞마당에 텐트를 치기 시작하자, 온몸을

옥죄던 긴장이 한꺼번에 풀렸다. 그토록 갈망해 온 라스베이거스에서의 첫 보금자리였다. 그때, 병권이가 양주병 하나를 내밀며 멋쩍게 입을 열었다.

"미안하다, 우창아. 내가 말을 좀 툭툭 내뱉는 편이라… 니가 이해해라."

사막 한가운데서 티격태격하던 날들이 스쳐 지나갔다. 녀석보다 체격이 컸던 나는 제때 배를 채우지 않으면 버틸 수가 없었다. 며칠째 코피를 쏟아내던 내게 녀석이 점심도 거른 채 더 달리자고 했을 때 나는 결국 짜증을 터뜨리고 말았었다.

"나도 미안하다, 병권아. 내가 좀 예민했제."

한국전쟁 참전용사의 후손인 랜디 아저씨가 석 달 후 완주하면 마시라며 건네준 양주였다. 하지만 친구와 화해하며 나누는 술 한잔보다 값진 순간이 또 있을까. 오늘만큼은 아저씨도 이해하시리라. 며칠간 쌓인 오해와 서운함이 양주와 함께 뜨겁게 목을 타고 흘러내렸다.

그 여름의 아메리카

화해의 한 잔

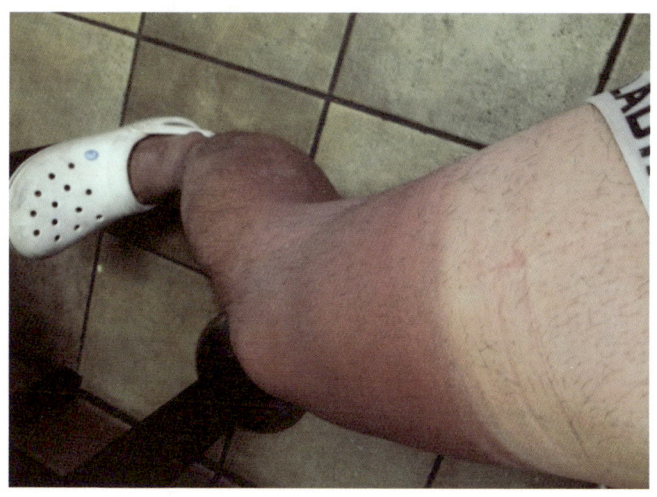

모하비 사막이 남긴 영광의 상처

09 현대판 '소돔과 고모라'에 발을 딛다

라스베이거스의 '더 스트립(The Strip)' 거리

　아침 햇살이 가득한 마당, 크레이그 아저씨가 미소를 머금은 채 서 계셨다. 우리는 어젯밤 늦게 도착한 것을 정중히 사과했지만 그는 손사래를 치며 환하게 웃어 보였다. 곧이어 위아래로 우리를 훑어보더니 말했다.

　"샤워하고 싶지 않아요? 빨래도 하고 싶죠?"

　그제야 비로소 우리의 처참한 몰골이 눈에 들어왔다. 열흘 넘게 씻지 못해 땀과 먼지로 범벅이 된 옷 그리고 지독한 쉰내까지.

　뜨거운 물줄기 아래 온몸을 적시자 마치 비누 거품 속에서 다시 태어나는 기분이 들었다. 개운한 몸으로 거실에 나오니 어느새 아저씨는 산더미 같은 서류에 파묻혀 있었고, 로리안 아주머니는 장을 보고 막 돌아온 참이었다. 그녀는 눈빛에서부터 따스한 온기가 느껴지는 분이었다.

"저 양반은 일하고 결혼했어요. 변호사라는 직업은 정말 끔찍하답니다."

영양학을 전공한 그녀는 가족의 식단을 철저히 건강식으로 관리하고 있었는데, 된장과 김치 같은 발효 음식도 마트에서 종종 사 먹는다고 했다.

"우리 가족은 외식 일절 금지예요. 오직 정제수와 유기농 식품만 먹죠. 장을 볼 때도 성분표를 꼼꼼히 확인해야 마음이 놓인답니다."

"그렇게 살면 세상 사는 재미가 있나? 가끔은 몸에 좀 나빠도 맛있는 걸 묵어줘야지." 나의 통역에 병권이는 고개를 갸웃하며 중얼거렸다.

"What did he say? 병권이가 뭐라고 한 거야?" 그녀가 궁금한 듯 물었다.

"음… 아주머니가 정말 대단하시대요. 그리고 나중에 기회가 되면 건강한 한식을 직접 요리해 드리고 싶대요." 나는 태연한 척 말했다.

"Oh really? That's really nice of you. 오 정말? 너 정말 착하구나!"

"조심해라. 한국말 몰라도 칭찬인지 아닌지는 눈치로 다 안다." 나는 병권이를 째려보며 어금니를 꽉 깨물었다.

마트에서 김치를 사 먹는다던 그녀의 말이 마음에 걸렸다. 지난 9일 동안 라스베이거스만 애타게 불러왔기에 얼른 도시 구경을 가고 싶은 마음이 굴뚝 같았다. 하지만 위기의 순간 우리에게 따뜻한 손을 내밀어 준 그녀에게 작게나마 보답하고 싶었다.

"우리가 진짜 김치 맛을 보여드릴게요. 대신 식재료가 좀 필요해요."

그녀는 반색하며 우리를 태우고 근처 한인 마트로 차를 몰았다. 뒷좌석에 앉은 우리는 그때부터 허둥지둥 김치 만드는 법을 검색하기 시작했다.

"니 양념 만들어봤나?"

"아니, 그냥 고춧가루에 설탕 넣으면 되는 거 아니가?"

"비율은 아나?"

"모른다. 죽이 되든 밥이 되든 해보자. 그게 우리 스타일 아이가."

사실 김장이라고는 절인 배추에 양념 치대기밖에 해본 적이 없었다. 하지만 실전보다 좋은 연습이 어디 있겠는가. 어머니 어깨너머로 본 기억을 더듬어 가며 이것저것 흉내 내기 시작했다. 소금물에 배추를 담가 숨을 죽이고 고춧가루와 설탕, 마늘 그리고 소주까지 섞어 양념을 만들었다. 빳빳하던 배추가 축 늘어지는 모습을 보며 신기해 키득거리던 우리는 마지막으로 배추에 양념을 바르기 시작했다.

"Wow, it's really sweet and tangy! 우와, 정말 새콤달콤한데!"

그녀는 양념 맛이 마트 김치와는 차원이 다르다며 감탄하더니 공책을 가져와 조리법을 꼼꼼히 받아 적었다. 그날 점심상에는 갓 지은 흰쌀밥과 우리가 만든 김치가 나란히 올랐다. 아저씨도 자리에 앉아 김치를 크게 한입 베어 물더니 엄지를 번쩍 들어 올렸다.

"드디어, 진짜 한국의 맛을 보여드렸다!"

맛있는 점심을 먹고 시내로 나서려는데 모하비에서 수도 없이 속을 썩이던 타이어가 또다시 발목을 붙잡았다. 이 녀석은 라스베이거스에 도착해서까지 기어이 바람을 퉤퉤 뱉어냈다. 수리공은 작은 바늘을 천천히 꺼내 보이며 도로에서는 타이어 안쪽을 수시로 점검해야 한다고 조언했다.

오후 4시, 버스에 오른 우리는 아이처럼 설레는 마음으로 창밖을 바라보았다. 도시 한가운데로 진입할수록 가슴의 고동 소리가 커졌다. 그리고 마

로리안 아주머니집에서 김장하는 우리

벨라지오 호텔 앞에서

침내, 전 세계인의 심장을 요동치게 만드는 거리, '더 스트립(The Strip)'에 도착했다.

라스베이거스의 상징이라 불리는 더 스트립은 우리가 이제껏 봐온 거리와 차원이 달랐다. 눈이 부시도록 화려한 네온사인 아래, 파리의 에펠탑과 뉴욕의 자유의 여신상, 런던아이와 베네치아의 운하 등 세계적인 명소를 복제한 초호화 카지노와 호텔들이 줄지어 서 있었다. 그 광경은 몇 걸음만 옮겨도 다른 나라로 순간 이동한 듯한 착각이 들게 했다. 거리 곳곳에서는 음악과 빛, 물의 향연이 밤새 펼쳐졌다. 벨라지오 분수에서는 거대한 물줄기가 음악에 맞춰 춤을 췄고, 미라지 호텔 앞에서는 화산이 폭발하듯 불기둥이 하늘로 솟구쳤다. 마술사는 카드 마술로 사람들의 탄성을 자아냈고, 기타를 멘 악사와 광대들은 거리를 무대 삼아 웃음과 박수로 밤공기를 물들이고 있었다.

환락의 중심은 단연 카지노였다. 영화의 한 장면처럼 카드 한 장과 주사위 하나가 사람들의 운명을 갈랐다. 붉고 푸른 조명이 교차하는 테이블 위로 칩이 오갈 때마다 팽팽한 긴장감이 감돌았다. 누군가는 환희에 찬 함성을 터뜨리며 주먹을 치켜들었고 누군가는 패배의 씁쓸함을 삼킨 채 조용히 자리를 떴다. 그 주위에는 화려한 의상의 여성들이 관능적인 몸짓으로 밤의 열기를 더욱 뜨겁게 달구고 있었다.

이곳에서 시간은 의미를 잃었고 지루함이란 단어는 존재할 수 없었다. 사치와 도박, 환락과 유혹, 인간의 모든 욕망이 허락된 마법의 세계였다. 사람들이 왜 이곳을 현대판 '소돔과 고모라'라 부르는지 그제야 알 것 같았다. 성경 속 소돔과 고모라는 쾌락과 사치, 부패로 물든 끝에 하늘에서 내린 불과 유황으로 흔적도 없이 사라졌다고 기록되어 있다. 인간의 교만은 결국 파멸을 부른다는 그 오래된 교훈처럼 내 눈앞의 라스베이거스 역시 그 신화를 거울처럼 닮아 있었다. 그렇다면 이 도시의 끝은 과연 어디로 향하고 있는 걸까.

욕망의 손짓에 이끌려 카지노 문을 열었지만 텅 빈 지갑이 고개를 저었다. 찰나의 낙담이 스쳤으나 나는 금세 마음을 고쳐먹었다. 베가스를 이렇게 눈에 담을 수 있는 것만으로 이미 나는 행운아다!

거리를 걷는 건 돈이 들지 않잖아.

이 거리를 걷는 것만으로도 벅차게 행복하잖아.

카지노를 나와 도시의 야경을 오감으로 껴안았다. 눈을 크게 떠서 거리의 모든 빛을 담고, 귀를 쫑긋 열어 흘러나오는 음악과 웃음소리를 모았다. 코끝에 스치는 공기 하나도 놓치지 않으려 애썼다.

밤 12시. 아주머니 집에 돌아온 우리는 오랜만에 가족과 친구들에게 생존 소식을 전했다.

10 라스베이거스판
타이타닉

크레이그(Craig) 아저씨, 로리인(Laurlann) 아수머니 그리고 가족들

"Alex, 나 한국어 배우고 싶어요!"

계획대로라면 라스베이거스에서 사흘쯤 머문 뒤 떠날 예정이었다. 하지만 김치를 좋아하고 한국어를 배우고 싶어 하는 미국 여성의 부탁을 어찌 거절하랴.

"안녕하세요, 감사합니다, 사랑해요⋯." 그녀는 한 문장씩 또박또박 따라 하며 아이처럼 즐거워했다. 프랑스어와 스페인어를 공부 중이라더니 배우는 속도가 제법 빨랐다. 영어가 서툴러 소극적이던 병권이도 어느새 손짓

그 여름의 아메리카

발짓을 동원해 대화에 끼어들었다. 녀석의 열린 태도가 참 보기 좋았다.

그녀는 내 이름 알렉스(Alex)는 또렷하게 기억하면서도 '병권'이라는 발음 앞에서는 매번 멈칫거렸다. 결국 병권이가 영어 이름을 하나 지어달라고 부탁하자 그녀는 대여섯 개의 후보를 내밀었다. 그중 '다니엘(Daniel)'이 마음에 쏙 들었는지 녀석은 어린아이처럼 혀를 굴리며 발음 연습에 매진했다.

"다…닐? 다…넬? 아니지, 댄…니얼!"

그 모습에 모두가 웃음을 터뜨렸다. 그때 크레이그 아저씨가 양복 여러 벌을 들고 와 부인에게 물었다.

"오늘 파티에는 어떤 게 어울릴까?"

그는 이번 네바다 지역 판사 선거에 출마한 후보였다. 네바다주는 한국 국토의 세 배가 넘는 땅이었고 주민 투표로 판사를 선출한다고 했다.

"파티는 어디서 열리나요?" 내가 묻자 아주머니가 답했다.

"벨라지오 호텔 꼭대기 층이야. 후보 가족과 친척은 물론 네바다주 고위 행정가와 정치인, 언론사 대표들이 모이는 자리지."

잠시 생각에 잠기던 아주머니가 남편을 바라보며 물었다.

"여보, 알렉스와 다니엘도 우리와 함께 갈 수 있을까요?"

"가족이 아니니 쉽진 않겠지만… 유세용 티셔츠를 입고 피켓을 든다면 입장시켜 줄지도 모르지."

"바지는요? 저희는 트레이닝복밖에 없어요." 다니엘이 걱정스레 물었다.

"청바지는 입어야지. 알렉스는 우리 아들 거를, 다니엘은 당신 바지를 입히면 되겠네요." 그녀가 재빨리 해결책을 내놓았다. 사막에서 짐을 줄이려 버린 청바지가 떠올라 쓴웃음이 났다.

크레이그 아저씨의 선거 유세 파티장

선거 유세 티셔츠를 입고 파티장을 점령한 이방인 둘

어느새 거울 앞에는 '크레이그를 뽑아주세요'라고 적힌 유세용 폴로 셔츠와 헐렁한 청바지를 걸친 바보 두 명이 서 있었다.

"우창아, 파티장에 이 꼴로 오는 사람 우리밖에 없을걸. 진짜 갈래?"

"그 사람들 살면서 우리 한 번 보지 두 번 보겠나. 언제 또 이런 경험하겠노. 가자."

벨라지오 호텔 입구에 도착하자 크레이그 가족은 정계 인사들과 악수를 나누기 시작했다. 그곳은 레드카펫 행사장이나 다름없었다. 사람들은 저마다 화려한 드레스와 맞춤 정장을 차려입고 반짝이는 시계와 구두로 부를 과시했다. 그들 사이로 사막 햇볕에 검게 탄 얼굴과 헐렁한 청바지를 입은 바보들이 등장하자 시선이 멈췄다.

"선거 유세를 돕는 청년들이에요."

아주머니의 설명에 사람들은 그제야 안도의 숨을 내쉬며 길을 터주었다. 엘리베이터가 옥상에서 멈추고 곧이어 황금빛 파티장이 활짝 펼쳐졌다. 이곳은 명백히 상류층의 세계였다. 사치스럽게 큰 샹들리에는 전형적인 미국의 얼굴을 비추고 있었고, 샴페인 잔이 부딪히는 소리와 현악기의 은은한 선율, 향수 냄새가 흘렀다. 그들 속에 주눅이 든 우리는 곧장 파티장 구석 쥐구멍을 찾아 몸을 웅크렸다. 샴페인 한 잔이라도 마셔보고 싶어 지나가던 웨이터에게 부탁했는데, 우리를 아래위로 훑어보던 그는 눈빛으로 초대장은 있느냐고 물었다. 굴욕감에 우물쭈물하고 있던 그때, 아주머니가 다가와 "이 친구들도 우리 일행이에요."라며 잔을 건네주었다.

"고마워요, 아주머니. 그런데 사회자는 어디 있나요? 왜 이렇게 파티가 늦게 시작하죠?"

"알렉스, 파티는 우리가 들어온 순간 이미 시작됐어."

그제야 미국 드라마 속 한 장면이 떠올랐다. 사회자가 단상에 올라 마이크를 잡고 진행하는 한국식 파티가 아니라, 사람들 사이를 자유롭게 오가며 인사를 나누고 관계를 쌓는 자리. 미국식 파티란 그런 것이었다. 그리고 깨달았다. 여기는 단순한 사교장이 아니라, 누가 더 많은 사람과 눈을 맞추고, 누가 더 자연스럽게 미소를 건네느냐로 판세가 갈리는 선거의 전쟁터라는 것을. 크레이그 아저씨는 이미 홀 한가운데를 누비며 바쁘게 악수를 나누고 있었다.

"병권아, 근데 우리 왜 이렇게 숨어 있지?" 샴페인 한 모금으로 굴욕감을 헹궈낸 내가 말했다.

"뭐라고?"

"남자가 자존심이 있지. 저 사람들 사회적 지위는 높을지 몰라도 미 대륙을 자전거로 일주한 적은 없잖아. 우리도 나름 대단한 놈들이라고."

"하하… 그래. 그런데 그게 지금 왜?"

"아저씨와 아주머니께 신세를 졌잖아. 우리도 뭐라도 보답해야지. 가자, 따라온나."

나는 영화 〈타이타닉〉의 디카프리오처럼 샴페인 잔을 높이 들었다. 어깨를 쫙 펴고 파티장 중앙으로 당당하게 걸어 들어갔다.

"안녕하세요. 한국에서 왔습니다. 미국 서부의 개척 정신을 동경해 자전거로 미 대륙을 일주하고 있습니다."

사람들의 눈빛이 하나둘 모여들기 시작했다. 낯선 나라에서 온 청년이 자기 나라를 자전거로 누비며 문화를 배운다는 이야기가 무척 신선하게 들렸던 것이다.

그 여름의 아메리카

"이 여정에서 위기의 순간, 우리에게 손을 내밀어 주신 분이 이 자리에 계십니다. 이번 네바다 판사 선거에 출마하신 크레이그 씨입니다. 훌륭한 법조인이자 낯선 이들에게도 따뜻함을 나눌 줄 아는 분이죠. 잠시 인사 나눠보시겠어요?" 나는 대답을 기다릴 틈도 없이 사람들의 팔짱을 끼고 크레이그 아저씨 쪽으로 그들을 이끌었다. 아저씨는 나를 바라보며 의미심장한 미소를 지었다.

역할은 곧 정해졌다. 내가 먼저 사람들에게 다가가 아저씨를 소개하면, 병권이는 재빨리 그들 손에 아저씨 명함을 쥐여주었다. 몇 번 반복하자 요령도 붙었다. 우리는 홍보에 영향력 있는 기자나 정치 거물부터 공략하기 시작했다. 물론 그들 곁엔 이미 여러 후보자가 줄을 서 있었지만, 미안하게도 이 게임의 승자는 정해져 있었다. 우리는 자연스럽게 다가가 유머로 대화를 열고 흐름을 잡는 데 능숙했다. 그리고 우리 사전에 포기란 없었다. 백번 쓰러지면 백한 번 일어나는 끈기로 사막을 건너 여기까지 온 것이니까.

한 시간이 흐르자 파티장에 아저씨 명함을 받지 않은 이가 거의 없었다. 이제는 사람들이 아저씨에게 먼저 다가와 물었다.

"도대체 저 청년들은 누구죠…?"

"제가 참 국제적인 지지를 받는 사람입니다." 아저씨는 정치인처럼 능청스러운 대답을 내놓았다.

분주하게 군중을 헤집던 중 입을 벌린 채 바라보던 로리안 아주머니와 눈이 마주쳤다.

"Alex, you are FEARLESS! Look at you! 알렉스, 너 정말 두려움이 없는 애구나!"

장난스러운 윙크로 화답한 뒤 다시 군중 속으로 뛰어들었다. 조명은 내 얼굴을 비추고 음악은 내 걸음에 박자를 맞췄다.

지금 나는 더 이상 아저씨 선거 유세원이 아니야.

오늘 밤, 무대의 주인공은 바로 나야.

파티가 끝나고 차에 오르자 아저씨와 아주머니는 연신 칭찬을 쏟아냈다.

"알렉스, 정치인이 되어보는 건 어때? 넌 사람을 사로잡는 재능이 있어."

"어떻게 사람을 대할 때 그렇게 두려움이 없을 수 있지?"

나는 웃으며 답했다.

"우린 잃을 게 없으니까요."

유리창 밖으로 라스베이거스의 불빛이 흘러내렸다. 차는 근사한 스테이크하우스 앞에 멈췄고 부부는 우리에게 값비싼 스테이크를 대접했다. 식사를 마친 뒤 네온사인과 분수가 춤추는 거리를 함께 걸었다. 밤공기가 뺨을 스쳤고 불빛이 파도처럼 밀려왔다. 병권이와 나는 나란히 앉아 눈빛을 주고받았다.

오늘 이 부부의 따뜻한 마음에 작게나마 보답했고 평생 잊지 못할 추억을 만들었구나.

11 라스베이거스의 여신 아프로디테

라스베이거스 '더 스트립(The Strip)' 거리에서

"안녕하세요~!"

로리안 아주머니는 한결 자신감이 붙은 목소리로 한국어를 연습했다. 그녀는 어제 선거 유세를 도와줘서 다시 한번 고맙다며 원하는 만큼 실컷 집에 머물다 가라고 했다.

점심을 먹은 뒤, 그녀의 말대로 레드록캐니언으로 향했다. 억겁의 세월 동안 사막의 뜨거운 햇살을 받아온 협곡의 바위들은 석류처럼 붉게 타올랐고, 층층이 드러난 단층과 기묘한 굴곡은 한 폭의 그림 같았다. 협곡 옆 작은 박물관에 들어간 우리는 유리관 너머로 박제된 사막의 포식자 '퓨마(Mountain Lion)'와 마주했다. 매일 밤마다 우리에게 공포를 주었던 녀석. 몸집은 아프리카 사자보다 조금 작지만, 번뜩이는 발톱과 강력한 턱은 단숨에 우리 목숨을 앗아가기에 충분해 보였다. 박물관 관리인이 말했다.

"이놈들은 사냥감을 정하면 일주일이고 열흘이고 그림자처럼 뒤를 쫓습니다. 그러다 상대가 방심하는 찰나를 놓치지 않고 덮치죠. 그나마 다행인건 녀석과 눈이 마주치는 겁니다. 놈들은 소리 없이 등 뒤로 접근해 뒷덜미를 무는 게 특기거든요."

나는 본능적으로 허리춤에 손을 가져가 칼이 제자리에 꽂혀 있는지 만져 보았다.

박물관을 나와 절친한 친구 저스틴에게 전화를 걸어 지금 라스베이거스에 있다고 했다. 내 소식에 흥분한 저스틴은 베가스에서 반드시 완수해야 할 세 가지 임무를 전달했다.

"자, 첫 번째 임무. 카지노에서 운 시험하기. 베가스까지 와서 칩 한 번 안 쥐어보면 베가스가 섭섭해하지. 두 번째는 성인용 서커스 쥬매니티 관람하기. 이건 야한 게 아니라, 아주… 진지하고 고상한 예술이야. 마지막은 X-Scream 타기. 100층 꼭대기에서 롤러코스터가 왔다 갔다 하는데 번지점프하는 기분이 들 거야."

"저스틴, 나 세 달간 일주해야 해서 주머니 사정이 너무 빠듯해. 아마 하나도 못 할 것 같은데…."

내 말을 들은 그는 성을 내듯 목소리를 높였다.

"알렉스, 지금 그 말, 나중에 두고두고 후회하게 될 거야."

전화를 끊고 나니 괜히 마음이 찜찜했다. 나는 옆에 있던 병권이를 슬쩍

떠보며 말했다.

"카지노는 아무래도 돈이 너무 들 것 같고…. 그 쥬매니티(Zumanity) 말이야, 이름이 야성을 뜻하는 'Zoo'랑 인간을 뜻하는 'Humanity'를 합쳐놓은 것 같지 않아? 인간의 본능이나 욕망을 예술로 풀어낸 공연일 것 같은데… 우리, 놀이기구랑 연극 중에 딱 하나만 해볼까?"

거금 7만 원을 내고 극장에 들어섰다. 붉은 벨벳 커튼으로 둘러싸인 극장 안에는 은은한 향수 냄새와 낮게 깔린 음악이 흘렀고, 객석은 호기심과 긴장이 뒤섞인 묘한 열기로 달아올라 있었다. 곧 조명이 밝아지며 무대 위로 육감적인 미녀 배우들이 나타났다. 그들은 음악에 맞추어 관능적인 리듬으로 춤추고, 노래하며 음란한 농담을 던지기 시작했다. 객석에 있는 남성들 무릎에 앉아서 야릇한 동작을 선보이기도 했고, 커다란 가슴을 풀어헤쳐 비비기도 했다. 객석 여기저기서 꺅하는 짧은 비명과 웃음이 터져 나왔다. 배우들은 인간의 본능적 욕망인 육체적 쾌락과 사랑을 유쾌한 코미디로 풀어냈다. 그들의 음담패설은 저속함과는 거리가 먼 예술의 언어로 승화되어 있었고, 그 몸짓은 육체가 직접 써 내려간 시였다.

마침내 공연 절정의 순간. 천장의 조명이 일제히 꺼지더니, 어둠 속에서 다섯 개의 거대한 유리 수조가 나타났다. 이내 희미한 빛줄기와 함께 실오라기 하나 걸치지 않은 젊고 어여쁜 여인 다섯이 유혹하듯 천천히 걸어 나왔다. 길게 뻗은 다리와 날씬하면서도 탄력적인 허리선, 분홍빛이 은은히 감도는 피부, 꽃 같은 젊음이 물든 풍만한 가슴은, 사랑과 미의 여신 아프로디테를 연상시켰다. 하늘의 신 우라노스의 피와 바다의 거품에서 태어난 아프로디테는 자연의 화신이었다. 미소 하나로 전장의 병사들마저 무기를 내려놓게 했다는 그녀의 아름다움은 단순한 육체미를 넘어, 마음을 흔들고 세상의 냉기를 녹여내는 힘이었다.

　이 순간 무대 위의 그녀들도 그러했다. 숨결 하나, 시선 하나가 관객의 심장을 흔들었다. 이윽고 다섯 여인은 나체의 몸을 투명한 물속으로 던졌다. 그녀들은 유리 어항 속에서 미끄러지듯 헤엄치며 젊은 육체의 아름다운 곡선을 아낌없이 드러냈다. 이윽고 여인들은 돌고래처럼 동시에 수면 위로 솟구쳤다가, 눈부신 물보라 속으로 사라졌다. 분홍빛 젖은 살결 위로 물방울이 미끄러지듯 흘러내렸다.

　극장은 숨소리조차 들리지 않을 만큼 고요했다. 관객 모두가 신화의 한 장면 속으로 빨려 들어가고 있었다. 사진 촬영이 금지되었기에, 그 순간의 온기는 오직 기억 속에만 새겨졌다. 그 기억은 사진보다도 더 생생하게, 지금도 마음속에서 반짝이고 있다. 오감을 깨우는 향연을 누릴 수 있는 행운. 이것이 바로 라스베이거스의 마법일까.

소리 없이 접근해 뒷덜미를 무는 사막의 포식자 퓨마(Mountain Lion)

　그 여름의 아메리카

12 카지노로 완성한 3대 임무

카지노에 들어서며

"오늘은 더 스트립(The Strip)에 있는 호텔과 카지노를 하나도 빠짐없이 둘러보자!"

라스베이거스에서의 넷째 날, 우리는 황혼이 도시를 붉게 물들일 때까지 스트립 거리를 걷고 또 걸었다. 하지만 걷는 내내 마음 한구석에서 낮은 목소리가 들려왔다. '세계 최고의 도박 도시까지 와서 카지노 한 번 안 해보고 떠나면 억울하지 않겠어…?'

곧이어 친구 저스틴의 목소리가 메아리처럼 귓가를 울렸다. "알렉스, 베가스에 왔으면 꼭 해야 할 임무가 있어. 후회를 남기지 마."

결국 우리는 각자 딱 5만 원씩만 써보기로 하고 카지노 문을 열었다. 내부는 창문 하나 없이 밤낮을 잊은 사람들로 북적였다. 영화에서나 보던 블랙잭, 포커, 주사위 게임 테이블이 끝없이 줄지어 있었지만, 정작 우리가 규칙을 아는 게임은 단 하나도 없었다. 고민 끝에 우리가 선택한 것은 홀짝을 맞추는 가장 단순한 주사위 게임이었다.

딜러가 나직하게 물었다.

"Ready? 준비됐나요?"

두근거리는 마음으로 맞이한 첫 판. 딜러의 손을 떠난 주사위가 테이블 위에서 달그락거리며 요란한 소리를 냈다. 작은 육면체 두 개는 판 위를 한참 굴러다니다 마침내 힘을 잃고 멈춰 섰다.

짝수. 내가 고른 쪽이었다. 순간 25만 원어치의 칩이 내 앞에 쌓였다. 대체 지금 무슨 일이 일어난 거지?

그러나 딜러는 생각할 틈을 주지 않았다.

"Next round — odd or even? 다음 라운드, 홀수 혹은 짝수?"

이번에는 홀수를 택했다. 다시 주사위가 허공을 날아 테이블 위를 굴렀다. 장내의 모든 시선이 두 개의 작은 육면체에 꽂혔다. 그리고 주사위가 멈추는 찰나, 7만 원어치의 칩이 연기처럼 허공으로 사라졌다. 공기가 싸늘해졌다.

지금 당장 멈추면 더 잃지는 않을 거야.

아니야, 계속하면 큰돈을 딸 수도 있잖아.

그러면 이제 자동차를 타고 스테이크를 먹으며 여행하게 될지도 몰라.

세 번째 판이 시작되기 직전, 격렬한 내적 갈등 끝에 내가 외쳤다.

그 여름의 아메리카

"Stop. 멈춰주세요."

칩을 쓸어 담아 일어나는 그 몇 초가 한세월처럼 길게 느껴졌다. 찰나의 순간에 그만한 돈을 쥐어본 적이 없었는데 발걸음이 쉽게 떨어질 리가 있나. 조금만 더 하면 50만 원, 아니 100만 원도 딸 수 있을 텐데 하는 유혹이 뒷덜미를 잡아끌었다. 도박이라는 함정이 얼마나 달콤한지 조금은 알 것 같았다. 기념으로 칩을 찍어두려 카메라를 꺼냈는데 거구의 보디가드 두 명이 번개처럼 다가와 제지했다. 간신히 몰래 한 장을 남긴 뒤, 우리는 탈출하듯 카지노를 빠져나왔다. 손에는 18만 원이라는 뜻밖의 전리품이 들려 있었다.

"이 돈을… 대체 어디에 쓰지?"

그 순간, 저스틴의 마지막 세 번째 미션이 뇌리를 스쳤다. 불과 하루 전만 해도 이 세 가지 임무 중 단 하나라도 해낼 수 있을 거라곤 상상조차 하지 못했다. 그런데 어제는 쥬매니티 공연을 감상했고, 오늘은 카지노에서 운을 시험했으며, 이제 마지막 놀이기구만을 남겨두고 있었다.

지상 100층 높이, 도시 위로 몸을 던지는 듯한 롤러코스터에서 터져 나오는 비명은 우리에게 그저 즐거운 음악 소리였다. 짜릿한 비행을 마치고 내려오자마자 나는 곧장 저스틴에게 전화를 걸었다.

"Mission Complete, my friend. 임무 완수했어, 친구야."

"Wow, then you leave Vegas as a winner. Impressive! 너 베가스를 승자로 떠나는구나. 대단한데!"

대부분의 사람들이 돈을 잃고 패자(loser)로 떠나는 이 도시에서 우리가 승자(winner)로 떠난다는 그의 말이 기쁨을 더해주었다. 그날 밤, 우리는 외곽의 언덕에 올라 야경을 내려다보았다. 칠흑 같은 어둠에 덮인 네바다 사막 한가운데, 수많은 호텔과 카지노가 마치 쏟아진 별처럼 찬란하게 빛나고 있었다. 저 멀리 보이는 화려한 건물들부터 골목길 구석구석까지, 내 발자국이 닿지 않은 곳이 없었다. 이제 베가스에서 더 이상 할 일이 남지 않았음을 본능적으로 느꼈다.

이제 다시 페달을 밟을 시간이 다가왔다.

라스베이거스 '더 스트립(The Strip)' 거리 야경

그 여름의 아메리카

Chapter 2

서부의 협곡,
신의 붓질

애리조나주에서 유타주까지

* * *

13 종단 vs 횡단, 그리고 서부의 부름

크레이그 가족

일주일간 정을 쌓은 크레이그 가족과의 작별은 쉽지 않았다. 떠날 시간이 다가올수록 발걸음은 무거워졌고, 아저씨의 넉넉한 웃음과 아주머니의 따뜻한 배려는 가슴 한구석을 먹먹하게 했다. 마지막 인사를 건네며 나는 진심을 담아 말했다.

"꼭 판사 선거에서 승리하시길 기원합니다."

미국에서는 우리나라처럼 시험 성적으로 판사가 임용되지 않는다. 많은 주에서 주민들의 투표로 판사가 선출된다. 단순한 법조 경력만으로는 부족하고, 오랜 세월 지역 사회에서 쌓아온 신뢰와 명망이 바탕이 되어야 한다. 아저씨의 따뜻한 인품과 진중한 태도를 가까이서 지켜보며 나는 미국의 사법관이 지녀야 할 품위와 책임감이 무엇인지 어렴풋이 느낄 수 있었다.

우리의 다음 목적지는 그랜드캐니언. 전 세계 여행자들이 죽기 전에 반드시 가봐야 할 곳으로 손꼽는 장소다. 태고의 세월 속에서 물과 바람이 쉼 없이 다듬어온 대지는 주름처럼 겹겹이 펼쳐져, 인간의 짧은 생으로는 감히 헤아릴 수 없는 시간의 깊이를 뿜어낸다. 이제 그 장대한 협곡을 향해 달릴 채비를 했다.

며칠간의 안락한 생활 끝에 무거운 짐을 다시 얹었으니 애마 시리우스가 금세 투정을 부릴 만도 했다. 그런데 이상하게도 한결 가벼운 발걸음으로 달려 나가는 게 아닌가. 라스베이거스를 정복한 성취감 그리고 그랜드캐니언을 향한 설렘에 녀석도 덩달아 들뜬 것이 분명했다.

그랜드캐니언까지는 불타는 사막을 최소 사흘은 달려야 하는 여정. 병권이는 이미 웹샤워를 통해 100km 떨어진 곳에 사는 린다 아주머니 댁에 연락을 마쳤다고 했다.

어느덧 시계는 저녁 6시. 노을이 하늘을 붉게 물들일 무렵 린다 아주머니 집 앞에 도착했다. 문이 열리자마자 고소하고 따뜻한 음식 냄새가 코끝을 간질였다.

"그랜드캐니언 다음에는 어디로 갈 거니?" 식탁에서 그녀가 물었다.

"콜로라도로 들어가서 동쪽 뉴욕으로 횡단하려고 합니다."

"좋은 계획이구나. 그런데 옐로스톤은 계획에 없는 거니? 절대 놓치기 싫은 곳일 텐데 말이야."

옐로스톤이라는 이름에 고개를 갸웃하자, 그녀는 믿을 수 없다는 표정으

그 여름의 아메리카

로 커피잔을 탁 내려놓더니 휴대전화를 꺼냈다. 화면을 본 순간 우리는 입을 다물지 못했다.

"우와… 이게 정말 지구에 있는 것 맞아요?"

옐로스톤은 비현실적인 얼굴을 하고 있었다. 알록달록 빛나는 모닝글로리 온천(Morning Glory Pool)은 마치 다른 행성의 풍경처럼 보였다. 그 황홀한 빛이 내 가슴을 두드리며 속삭였다. "정말… 날 그냥 지나칠 수 있겠어?"

곧이어 그녀는 식탁 위에 지도를 절도 있게 펼치더니 손가락으로 거미줄처럼 얽힌 파란 선들을 따라갔다.

"그리고 여기를 보렴… 서부에는 옐로스톤뿐만 아니라 로키의 보석들이 여기저기 숨어 있어. 몬태나의 글레이셔, 캐나다의 밴프와 재스퍼도 있고."

지도 위의 파란 선들은 마치 살아 움직이는 것처럼 반짝였고 그녀는 어서 마음을 돌리라는 듯 물끄러미 우리를 바라보았다.

"병권아, 중부는 황량한 평야에 옥수수밭이 끝없이 펼쳐진다잖아. 아주머니 말씀처럼 서부의 다채로운 자연을 만끽하는 게 더 의미 있지 않겠나?" 이미 마음이 서부로 기운 내가 말했다.

녀석은 미세하게 고개를 끄덕였지만 대답을 아꼈다. 그때 아주머니가 무언가 중요한 것을 빼먹은 듯 다급한 목소리로 말했다.

"단, 명심해야 할 게 있어. 옐로스톤에 가려면 로키산맥을 넘어야 한단다. 산맥은 험난하고 날씨도 변덕스러울 거야. 각오를 단단히 해야 해."

로.키.산.맥. 이 네 글자는 단번에 나를 미국 문학 강의실로 데려다 놓았다. 서부 개척의 신화가 태어나고 되풀이되던 곳, 미 대륙을 세로로 가르는 거대한 등뼈.

18세기에서 19세기로 이어지는 동안 수많은 사람이 금과 은, 새로운 삶을 찾아 이 산맥을 넘으려 했다. 하지만 험준한 고개와 눈보라, 굶주림과 병마가 그 길을 가로막았다. 누군가는 산을 넘지 못한 채 쓰러졌고, 누군가는 그 너머에서 기회의 땅을 발견했다. 로키산맥은 인간의 한계를 시험하며 절망과 희망의 경계를 가르는 거대한 장벽이었다.

"병권아, 서부를 종단하면 거리가 어떻게 되노? 설마 뉴욕 가는 것보다 짧아지지는 않겠지?"

"아니지. 캐나다 국경까지 갔다가 다시 캘리포니아로 내려오면 뉴욕 가는 것보다 훨씬 멀다."

"오호라, 그럼 더 장대한 데다 국경까지 넘는 서사적인 여행이 되겠네!"

"문제는 체력과 시간이다. 로키를 넘으면 석 달 안에 못 끝낼 수도 있어. 돈도 더 들 거고…." 병권이가 냉정하게 말했다. "무엇보다 니 자신 있나? 모하비 사막도 겨우 건너왔는데 이제 로키를 넘겠다고?"

"그까짓 로키, 그냥 오르면 되는 거 아냐? 우린 늘 그렇게 해왔잖아." 자존심이 살짝 상한 내가 말했다. "무엇보다 한 달 동안 옥수수밭만 보면서 후회하고 싶나?"

잠시 후 녀석은 진짜 속마음을 꺼냈다

"아, 뉴욕, 워싱턴 D.C., 나이아가라 폭포는 꼭 보고 싶었는데…."

두 달 전, 봄방학에 다녀온 뉴욕의 기억이 떠올랐다. 브로드웨이와 월가, 자유의 여신상과 엠파이어 스테이트 빌딩의 야경까지. 그의 마음이 왜 그쪽으로 기우는지 나도 충분히 이해할 수 있었기에 한발 물러섰다.

"그럼 이렇게 하자. 일단 그랜드캐니언을 찍고 옐로스톤까지는 무조건 가는 거야. 가로로 갈지 세로로 갈지는 그다음 결정하자고."

그 여름의 아메리카

"좋다! 그럼 옐로스톤은 무조건 가는 거다. 자전거가 부서져도!"

"그래, 설령 자전거가 부서져도!"

사내들의 결의에 찬 목소리가 거실을 쩌렁쩌렁 울렸고, 아주머니의 얼굴에서는 환한 미소가 번졌다. 하지만 대장정을 위해 애마를 점검하던 중 문제가 터졌다. 병권이의 자전거가 비명을 지르고 있었던 것이다. 짐받이는 무게를 견디지 못해 내려앉았고, 뒷바퀴 휠은 심하게 휘어 있었다.

혹시 공구가 있느냐는 병권이의 물음에 린다 아주머니는 거대한 차고 문을 열어주었다. 미국의 차고는 단순한 주차 공간이 아니라 주인의 개성과 취향이 담긴 '작은 왕국'이다. 스티브 잡스는 부모님의 차고에서 첫 컴퓨터 애플 I 을 개발해 신화를 시작했고, 배우 드웨인 존슨은 자신의 차고를 헬스장으로 만들고 '쇳덩이 천국'이라는 애칭을 붙였다. 그녀의 차고는 자전거 왕국이었다. 벽면에는 크고 작은 공구들이 종류별로 정갈히 걸려 있었고 은빛으로 반짝이는 고급 자전거 여러 대가 품위 있게 놓여 있었다.

그녀의 왕국을 본 녀석은 함박웃음을 짓더니 조선소에서 단련한 기술을 아낌없이 뽐내기 시작했다. 자전거에 귀를 기울이듯 잠시 숨을 고르더니 곧바로 낯선 모양의 공구들을 집어 들었다. 마치 오래전부터 주인을 기다려 온 듯 공구들은 녀석의 손바닥 안에서 춤을 추기 시작했다. 자기 차례가 되면 공중으로 날아올랐고 쇠붙이와 부딪히며 작은 불꽃을 튀었다.

헤파이스토스는 서두르지 않았다. 억지로 힘을 주지도 않았다. 풀어야할 것은 풀고, 남겨야 할 것은 그대로 두었다. 곧 의식을 잃었던 자전거가 힘찬 울음소리를 내며 자리에 앉았다.

"우와…."

넋을 잃고 그 광경을 지켜보던 그녀와 나는 동시에 박수를 터뜨렸다.

린다(Linda) 아주머니 댁, 종단과 횡단의 기로에 서서

그 여름의 아메리카

14

서부의 생명줄, 후버댐

Day 14
5월 25일

후버댐과 나

네바다를 지나 마침내 태양이 만물을 지배하는 땅 애리조나주에 들어섰다. 이름이 '건조한 지역'을 뜻하는 스페인어 '아리다 조나(arida zona)'에서 왔다는 설처럼, 메마른 사막과 뜨거운 햇살이 이곳의 얼굴이다. 미국 남서부에 자리한 이 땅은 황량한 사막과 붉은 협곡이 빚어낸 장대한 풍광으로 가득하다. 그 중심에는 단연 신의 화폭이라 불리는 그랜드캐니언이 있다. 수백만 년 동안 콜로라도강이 깎아낸 골짜기는 인간의 감각을 단번에 지배한다.

후버댐(Hoover Dam) 전경

하지만 이 붉은 대지가 늘 고요하기만 했던 것은 아니다. 황금을 좇아 몰려든 개척자들이 득실거리던 시절, 이곳에서는 도덕보다 총이 빨랐고 질서보다 욕심이 앞섰다. 철길이 놓이며 서부 개척의 한복판이 된 이 땅에서 원주민들은 삶의 터전을 하나둘 내어주어야 했다. 자유와 개척이라는 넝쿨 아래 폭력과 욕망이 뒤엉키며, 붉은 흙 위에는 피와 눈물의 시간이 켜켜이 쌓였다. 삐걱거리는 술집 문 사이로 카드가 섞이는 소리와 총성이 울려 퍼지고 그 먼지바람 사이를 총잡이와 현상금 사냥꾼, 떠돌이 카우보이들이 오갔다. 누군가는 영웅이 되었고 누군가는 이름 없이 사라졌다. 그렇게 전설과도 같은 이야기들은 시간이 흐르며 자유에 대한 환상으로 변했고, 붉은 대지 위에 낭만처럼 남았다.

사방의 온갖 것이 부글부글 끓어올랐다. 정오부터 오후 2시 사이는 그야말로 죽음의 시간이었다.

"병권아, 이대로 가다간 의식을 잃고 그대로 쓰러지겠다."

길가에서 하수구를 발견한 우리는 주저 없이 그 안으로 몸을 숨겼다. 퀴퀴한 냄새가 코를 찔렀지만 우리에겐 천국이나 다름없었다. 버너를 꺼내라면을 끓이고 돼지고기를 구웠다. 뜨거운 국물로 허기를 채우자 달콤한 졸음이 밀려왔다. 하수구 바닥에 몸을 누인 채 잠시 눈을 붙였다.

오후 2시. 열기가 아주 미세하게 가라앉았다. 갈 길이 먼 우리는 서둘러 고삐를 당겼다.

그랜드캐니언으로 향하는 길목에서 후버댐을 만났다. 네바다와 애리조나, 캘리포니아로 물과 전기를 실어 나르는 이 댐은 서부의 거대한 심장이다. 이 댐은 1930년대 대공황 시절에 만들어졌다. 사람들이 일자리를 잃고 나라가 휘청거리자 루스벨트 대통령은 일단 사람부터 움직이자며 뉴딜이라는 초대형 실험을 시작했고, 그 결과물 중 하나가 바로 이 댐이다. 경제 살리기 프로젝트이자, 그래도 내일은 출근할 수 있다는 희망의 콘크리트였다고 볼 수 있다.

하지만 그 과정은 결코 순탄치만은 않았다. 섭씨 40도를 훌쩍 넘는 사막에서 약 2만 명의 노동자들이 이 벽을 쌓았다. 모래바람은 하루도 쉬지 않았고, 작업복은 땀에 젖은 채 마를 틈이 없었다. 그 과정에서 백 명이 넘는 인부들이 돌아오지 못했다. 그래서일까, 이 거대한 구조물은 웅장하면서도 어딘가 숙연했다.

그 앞에 서니 문득 우리나라 생각이 났다. 1997년 IMF 외환위기 때, 초등학생이던 나는 부모님이 형과 내 돌반지를 금 모으기 운동에 내놓았다는 이야기를 나중에야 들었다. 집집마다 가진 걸 조금씩 내놓으며 나라를 버텨냈고 한국은 놀라울 만큼 빠르게 다시 일어섰다.

미국은 대공황을 거대한 공공사업으로 건너왔고 한국은 국민 개개인의 연대와 희생으로 버텼다. 시대와 방식은 달랐지만 위기 앞에서 어떻게든 다시 일어서자는 간절한 마음만큼은 같았다.

"역시 미국은 땅도 크고, 사람도 크고, 건축물도… 그냥 다 커."

다시 시리우스의 등에 올랐다. 그랜드캐니언까지는 아직 460km가 남았다. 타이어가 펑크 나거나 몸이 아픈 변수만 없다면 나흘에서 닷새쯤 걸릴 거리다. 해 질 녘, 도로 옆에서 발견한 작은 주유소를 오늘 밤의 숙소로 정했다.

사막을 여행하다 보면 주유소나 편의점은 밤바다의 등대나 다름없다. 새벽마다 대형 트럭이 토해내는 천둥 같은 경적에 잠을 설칠 각오는 해야 했지만 풀숲이나 황야에 비하면 훨씬 안전했다. 자칫 밤길을 달리던 트럭이 우리를 보지 못한 채 스쳐 갈 수도 있고 예상치 못한 야생동물이나 노숙자와 마주칠 위험도 있기 때문이다.

짐을 풀고 저녁 준비에 돌입했다. 오늘 메뉴는 언제나 그렇듯 밥, 숭늉, 라면으로 이어지는 천상의 코스 요리. 이 요리에는 의식처럼 굳어진 엄격한 순서가 있다.

먼저 양은 냄비에 고슬고슬하게 밥을 짓는다. 밥이 다 되면 그릇에 덜어 두고, 눌어붙은 밥알이 남은 냄비에 물을 부어 숭늉을 만든다. 뜨끈하고 고소한 숭늉을 한 모금 삼키면 하루 동안 쌓였던 피로가 서서히 풀려 내려간다.

숭늉을 충분히 음미한 뒤 그 물에 그대로 라면을 끓인다. 면발을 남김없이 건져 먹고 나면 처음 덜어 두었던 밥을 국물에 말아 먹는다. 이 다채로운 코스 요리는 최소한의 자원으로 최대한의 포만감을 끌어내는 우리의 지혜가 담긴 사막의 생존식이었다.

그 여름의 아메리카

밤하늘의 별빛이 비처럼 쏟아졌다. 이 무더위도, 이 끝없는 사막길도 언젠가는 모두 추억이 되겠지.

하수구에서 라면을 먹고 잠들기 직전

주유소에서 사막의 생존식을 준비하는 우리

15 희망을 향해 흔든 두 팔

웨스(Wes) 아저씨 가족

"시리우스, 도대체 뭐가 문제야? 응?"

아침부터 확 신경질이 났다. 어젯밤 분명 타이어 바람을 넣고 잤는데 또다시 타이어가 물컹거리는 것 아닌가. 땀을 뻘뻘 흘리며 한 시간을 넘게 자전거를 해체했다가 다시 조립한 끝에 겨우 길 위에 올랐다.

하지만 점심 무렵 뒷바퀴가 또다시 힘없이 내려앉았다. 오늘만 벌써 몇 번째인 거지. 도로 갓길에 털썩 주저앉아 있는데 백발의 노인이 다가왔다.

"젊은이들, 어디로 향하는 길인가?"

그 여름의 아메리카

"그랜드캐니언입니다…."

"내 집이 거기서 한 150킬로쯤 떨어졌네. 자, 어서 타게."

할아버지 트럭에 자전거를 얼른 싣고 시원한 에어컨 바람을 쐬며 달렸다. 나는 몇 분 사이에 사람의 표정이 이렇게 바뀔 수 있다는 걸 이때 처음 알았다. 그의 집 앞에 도착해 정중히 인사를 건네고 다시 길에 올랐다.

한 시간쯤 지났을까. 뒷바퀴가 또다시 아주 익숙한 자세를 취했다. 이 거 아주 큰 문제가 생긴 게 분명했다. 이제 펑크를 때우는 건 의미가 없었 고 한시라도 빨리 수술이 필요했다. 하지만 우리는 길 한복판에 고립된 상 태였다. 우리가 할 수 있는 일이라곤 거세게 달려오는 차들을 향해 두 손을 흔드는 것뿐이었다.

"Stop, please! please! 제발 멈춰주세요!"

죽어라 손을 흔들었지만 차들은 쌩쌩 지나가며 먼지만 남겼다. 한 대, 또 한 대. 외면당할수록 마음속에서는 불길한 상상들이 고개를 들었다.

이대로 해 질 때까지 여기 서 있는 건 아니겠지.

설마 오늘 밤을 이 도로에서 맞이하는 건 아니겠지.

벼랑 끝에 몰린 우리에게 구원의 손길을 내미는 이는 끝내 나타나지 않 았다.

"이대로는 소용없다." 병권이가 말했다.

"주유소가 있기를 빌면서… 그냥 끌고 가는 수밖에."

불가마처럼 타오르는 도로 위에서 보이지 않는 주유소를 향해 희망도 없 이 자전거를 끄는 일은 고문에 가까웠다. 체감상 반나절이 흘렀고 드디어 먼발치에서 차들이 멈춰 서는 모습이 보였다.

주유소였다. 하지만 나는 쉴 틈이 없었다. 기름을 넣는 운전자들에게 달려가 간청하기 시작했다.

"오늘 반드시 자전거 수리점에 가야 해요. 혹시 가시는 길에 마을이 보이면 내려주실 수 있을까요?"

"Sorry, man. 미안."

어떤 이들은 자전거 따위로 소중한 트럭을 더럽히기 싫은 듯 아무 말 없이 창문을 올렸다. 좌절감에 다리 힘이 풀렸다. 바로 그때, 유난히 친절해 보이는 트럭 한 대가 회색 먼지를 일으키며 주유소에 들어왔다. 시원한 인상의 운전수는 차에서 내려 기름을 넣기 시작했다. 우리는 길바닥에 털썩 주저앉아 힘이 풀린 눈으로 애처롭게 그를 바라보았다.

"What's the problem, young men? 젊은이들, 무슨 문제 있어?"

"타이어가 완전히 망가졌어요. 여기까지 자전거를 끌고 왔는데 혹시 근처에…"

"Load them! 어서 실어!"

우리는 야호 환호성을 지르며 자전거를 실었다. 그랜드캐니언에서 자전거 대여점을 운영하는 웨스 아저씨는 퇴근길이라며 수리점까지 직접 데려다주었다. 예상대로 시리우스의 타이어는 완전히 닳아 있었고 체인 역시 심하게 손상된 상태였다.

"Good news! 우리 보스가 너희를 집에 데려와도 된대. 맛있는 저녁 먹으러 가자."

대문 앞에서 사라 아주머니가 반가운 미소로 우리를 맞았다. 갓 구운 빵의 고소한 냄새와 버터에 구운 스테이크의 김이 모락모락 피어올랐다. 그랜드캐니언까지의 길은 여전히 멀고 험했지만, 이렇게 따뜻한 사람들이 있다는 사실만으로도 이미 절반쯤은 도착해 있는 듯했다.

16 신의 화폭에 새겨진 절벽, 그랜드캐니언

유네스코 세계자연유산 그랜드캐니언 국립공원(Grand Canyon National Park)

화창한 아침, 사라 아주머니와 아이들이 현관 앞까지 나와 우리를 배웅했다.

"언젠가 꼭 다시 만나자!"

아이들의 작은 손을 꼭 잡으며 약속했다.

연이은 펑크로 고생했던 악몽이 아직 가시지 않았다. 지갑을 열지 않기로 유명한 우리였지만 순조로운 여행을 위해 이번만큼은 펑크 방지용 튜브와 특수 윤활유를 구입했다. 생기를 되찾은 시리우스는 자유를 얻은 적토

마처럼 바람을 가르며 질주했다.

다음 날 정오, 마침내 우리는 그랜드캐니언 입구에 당도했다.

"이제 눈앞에 그 장대한 협곡이 펼쳐지겠지?"

하지만 무려 한두 시간이 지나도록 협곡은커녕 들판과 나무만 보이는 게 아닌가.

"우리 혹시 길을 잘못 들었나?"

"아니야. 이 길이 맞는데…." 지도와 표지판을 번갈아 확인하던 병권이가 말했다.

"에라 모르겠다. 일단 화장실부터 다녀오자."

볼일을 마치고 나오는 순간이었다. 자전거를 세워 둔 쪽이 아닌 반대편 문으로 나온 그때,

"이럴 수가…."

심장이 턱 하고 멎었다.

저 불가사의한 것은 대체 무엇인가. 이게 과연 이 세상의 것인가. 천지가 새로 태어나는 개벽의 순간이 도래한 것은 아닐까.

이것은 핏빛과 황토빛의 바위들이 뒤섞인 거대한 협곡이었다. 가장 먼저 시선이 닿은 상층부에는 압도적인 규모의 암석들이 서로 약속이라도 한 듯 무한한 수평선을 그리며 쭉 뻗어 있었는데, 그 모습은 하늘을 떠받치는 기둥과도 같았다. 그 기둥들 사이로 시선을 떨어뜨리자 중층의 깊은 골짜기가 입을 벌린 채 세상을 삼키려 으르렁대며 웅크린 짐승의 형상을 하고 있었다. 마지막으로 시선이 멈춘 심연의 바닥 끝에는 콜로라도강이 거대한 뱀처럼 꿈틀대며 대지를 쩍쩍 갈라놓았다. 그 위엄 앞에서 바람마저 숨을 죽였고 세상은 고요 속에 잠겼다.

"이건 반칙이지! 예고도 없이 이렇게 갑자기 튀어나오는 게 어딨어! 난 아직 너를 볼 준비가 안 됐는데…."

중학생 시절 스위스 알프스 정상에 서봤지만 오늘의 전율에는 미치지 못했다. 이것은 억겁의 세월에 걸쳐 조물주가 빚어낸 최고의 걸작이었다. 건강한 두 눈으로 이 광경을 볼 수 있음에 절로 감사한 마음이 밀려왔다.

노을이 지자 협곡은 살아 있는 생명체처럼 얼굴을 바꾸었다. 낮에 붉은 피처럼 타오르던 절벽은 은은한 자줏빛으로 가라앉으며 황혼의 품에 안겼다. 그제야 알 것 같았다. 왜 수많은 사람들이 이곳에서 생을 마감하고 싶어 했는지를. 그들은 영원히 태고의 숨결과 하나가 되기를 바랐던 것이리라.

문득 며칠 전 마주했던 라스베이거스가 떠올랐다. 거대한 호텔과 화려한 카지노 앞에 섰을 때는 인간의 위용이 어쩌면 자연에 필적할 수도 있다고 믿었다. 하지만 그 얼마나 어리석고 오만한 착각이었던가. 위대한 대자연 앞에서 인간은 바람 한 번에 흔적 없이 스러지는 미미한 존재일 뿐이다.

천하에 둘도 없는 장엄함, 그랜드캐니언(Grand Canyon)

거대한 뱀처럼 꿈틀거리는 콜로라도강

그 여름의 아메리카

17 콜로라도강, 야성의 숨결

콜로라도강의 야성의 숨결을 느끼는 우리

"오늘은 콜로라도강의 생명력을 만끽하며 하룻밤을 보내볼까?"

배낭에 텐트만 달랑 넣은 채 트레일을 따라 내려가기 시작했다. 협곡에는 바위틈에 몸을 숨긴 방울뱀과 습한 흙 위를 미끄러지듯 지나가는 도롱뇽 그리고 나뭇잎 사이로 고개를 내민 사슴들이 반가운 얼굴로 인사했다. 이 땅의 주인들이었다.

수 시간의 하산 끝에 마침내 콜로라도강이 모습을 드러냈다. 햇살을 머금은 강은 은빛으로 번뜩이며 야성의 숨결을 토해내고 있었다. 이처럼 생명으로 충만한 강에 둘러싸인 감각은 어디에서도 경험해 본 적이 없었다. 우리는 바위에 누워 그 물결을 바라보며 몸 안의 근심과 걱정을 말끔하게 씻어 내려보냈다.

해가 지자 우리는 몰래 텐트를 칠 자리를 물색했다. 이곳은 야영이 금지된 구역이라 주변에 사람 그림자조차 보이지 않았다. 사방은 순식간에 칠흑 같은 어둠에 잠겼고 음산한 기운이 골짜기 사이로 스멀스멀 올라왔다. 혹시 이 협곡 어딘가에 사는 원주민이 우리가 자는 동안 잡아가 버리는 건 아닐까. 곧이어 친구들이 했던 오싹한 경고가 머릿속을 스쳤다.

"퓨마는 소리 없이 다가와 뒷덜미를 문다."

현명한 우리는 이 보 전진을 위한 일 보 후퇴의 마음으로 조용히 캠핑장으로 돌아왔다.

18 트럭과 맹수 사이, 아슬아슬한 질주

그랜드캐니언에서 사흘 밤을 보낸 우리의 시선은 이제 옐로스톤으로 향했다. 그랜드캐니언을 두 눈에 담은 건 분명 천운이었다. 이번 생에 꼭 다시 돌아오리라.

지독하게 푹푹 찌는 도로 위, 12시간을 달리는 동안 사람 그림자 하나 구경하지 못했다. 그늘 한 점 없는 황량한 길만이 사방을 메웠다. 우리는 점심도 제대로 먹지 못한 채 목마름과 허기를 안고 달렸다. 오후 5시, 저 멀리서 작은 주유소 하나가 손짓했다. 곧장 화장실로 들어가 얼굴에 덕지덕지 붙은 먼지를 씻어내고 점원에게 다가갔다.

"바쁘신데 죄송합니다. 저희는 아메리카 대륙을 자전거로 일주 중인데… 마실 물이 다 떨어졌습니다. 혹시 물과 얼음을 채워주실 수 있을까요?"

"Of course! 당연하죠!"

이런 따뜻한 사람들 덕분에 오늘도 무사히 길 위를 달리고 있다. 찬물을 벌컥벌컥 들이켠 후 힘이 솟아오른 내가 말했다.

"병권아, 오늘 밤은 조금만 더 달리자. 옐로스톤이 우리를 기다리고 있잖아. 밤공기도 시원하고 좋네."

친구는 물끄러미 나를 바라보더니 내 고집스러운 표정을 보고 마지못해 고개를 끄덕였다. 하지만 해가 어둑해지자 곧바로 내 선택이 얼마나 무모하고 어리석었는지 깨달았다.

"빵!"

트럭들이 불빛을 번쩍이며 괴물처럼 돌진해 와 어둠을 찢는 폭음을 내질렀다. 불과 몇 뼘 옆을 스쳐 지나가는 풍압만으로도 몸이 휘청였다. 운전자의 손이 단 1cm만 흔들렸어도 내 몸은 그대로 바퀴 아래 깔렸을 것이다. 가로등 하나 없는 깜깜한 사막 한가운데서, 그들이 우리를 못 보고 그대로 들이받으면 어떡하지. 피가 차갑게 식는 기분이 들었다.

"얼른 형광 조끼부터 입자."

"가지고 있는 손전등 모두 꺼내서 등 뒤에 달아. 트럭 소리가 들리면 멈춰서 운전석 쪽으로 사정없이 비춰. 눈이 부시면 우리를 피해 갈 거야."

그렇게 우리는 초라한 형광색 천 쪼가리와 작은 손전등 그리고 달빛에 목숨줄을 맡긴 채 페달을 계속 밟았다. 그때 사막이 또 다른 본색을 드러내기 시작했다.

"아우우우~"

맹수들이 요란한 울음으로 서로를 부르며 무리를 이루고 있었다. 고개를 돌려 숲속을 보니 어둠 속에서 여러 쌍의 눈동자가 번뜩였다.

"저거… 코요테 무리 같은데."

"퓨마일 수도 있지. 아무튼 큰일이다."

나는 얼른 가방에서 큰 칼자루를 꺼내서 등 뒤에 단단히 꽂아 넣었다. 허벅지 주머니에 숨겨둔 단도가 제자리에 있는지도 다시 확인했다. 병권이와 나는 덩치 큰 짐승처럼 보이기 위해 서로의 어깨가 닿을 듯 바짝 붙였다. 등에서는 식은땀이 소나기처럼 흘러내렸다.

밤 12시, 드디어 멀리서 희미한 불빛을 깜빡이는 주유소가 보였다. 긴장이 와르르 풀린 우리는 그대로 바닥에 털썩 주저앉았다. 괜히 위험을 자초한 미안함에 나는 슬그머니 친구의 눈치를 살폈다.

"야간 라이딩 덕분에 시원하게 달렸네. 내일 땡볕에서 고생하는 것보단 낫지." 내 속마음을 읽은 병권이가 말했다.

다음 날 아침, 눈을 뜨니 사라 아주머니에게서 메시지가 도착해 있었다.

"밤 12시에 깜깜한 도로에서 자전거를 타다니 제정신이야? 남편이 야근 후 퇴근길에 봤는데 트럭이 너희를 들이받을 뻔했다더라!"

두 번 다시 야간 라이딩은 하지 않으리라. 옐로스톤까지는 여전히 멀고 험했다.

19 태양이 조각한 신비, 앤텔로프캐니언

앤텔로프캐니언(Antelope Canyon)

정오. 무자비한 태양은 날카로운 창이 되어 온몸에 내리꽂혔고 대지는 펄펄 끓어올라 숨통을 조여왔다. 우리는 그늘 하나 없는 갓길에 멈춰 서서 뜨거워진 물을 벌컥벌컥 들이켰다. 어제 산 아틀라스(Atlas) 지도를 펼쳐 들고 방향을 확인했다. 나는 지도를 가방에 집어넣으며 속으로 투덜거

그 여름의 아메리카

렸다. 하필이면 아틀라스라니. 세상에, 지도에 붙일 이름이 그렇게 없었을까. 아틀라스는 티탄 전쟁에서 패한 뒤, 제우스에게 하늘을 어깨에 짊어지는 가혹한 형벌을 받은 신이 아니던가. 그는 하늘과 땅의 경계에 홀로 선 채 세상의 하중을 끝내 내려놓지 못한 불행한 운명을 살아냈다. 나더러 그 불쌍한 아틀라스처럼 이 고통을 끝까지 내려놓지 말라는 거냐, 이놈아.

잠시 후 작열하는 도로 위를 자전거로 달리는 광인 영국인 데이비드 아저씨를 만났다. 과거 프로 사이클 선수였다는 그는 휴가를 얻어 서부를 여행하고 있었다. 그는 며칠 전 다녀온 앤텔로프캐니언의 여운이 아직 가시지 않은 듯, 그 아름다움을 한참이나 예찬했다. 우리가 고개를 갸웃하자 그는 놀란 듯 눈을 크게 뜨며 휴대전화를 꺼냈다.

"어떻게 앤텔로프캐니언을 모를 수 있지?"

"엇, 여기는 윈도우 배경화면에서 보던 협곡이잖아!"

다음 날 도착한 앤텔로프캐니언. 이곳은 신이 빚은 조각품이라는 수식어가 세상에서 가장 잘 어울리는 곳이었다. 수천 년 동안 바람과 홍수가 깎아 만든 협곡의 벽면은 비단처럼 매끄러웠고, 빛과 어둠이 교차할 때마다 수만 가지의 다른 표정을 지어 보였다. 협곡 안을 천천히 맴도는 나바호족의 낮고 깊은 전통 피리 소리가 들려왔다. 바위에 부딪혀 되돌아오는 그 선율은 이곳이 수백 년간 원주민들이 지켜온 성스러운 공간임을 알려주었다. 앤텔로프캐니언은 지금도 그들의 보호 아래 있으며, 그들의 안내 없이는 문을 열지 않는다. 이어서 우리는 홀슈밴드에 도착했다. 콜로라도강이 오랜 세월 자신을 깎아 만든 거대한 말굽 모양의 골짜기를 내려다보며 아름다움이란 때로는 두려움과 닮아 있다는 것을 느꼈다.

이 길을 끝으로 우리는 애리조나주를 떠나 유타주에 들어섰다. 불과 애리조나에서 경계선 하나를 넘었을 뿐인데, 전혀 다른 나라에 온 듯한 기분이 들었다. 바위도, 식물도, 심지어 하늘마저 온통 핑크빛 안개에 감싸여 있었다.

유타라는 이름은 원주민 유트족에서 비롯된 것으로, '산의 사람들'을 뜻한다. 이름부터 이미 고도가 높은데, 실제로도 이곳은 광활한 고원과 눈 덮인 산맥, 그리고 바람과 시간이 수천 년 동안 새겨 놓은 협곡이 어우러진 땅이다. 붉은 사막과 기암괴석이 끝없이 이어지는 풍경은 유타를 상징하는 얼굴이며, 브라이스캐니언, 자이언, 아처스, 캐피톨리프, 캐니언랜즈 등 세계적인 협곡들이 이곳에 있다.

또한 이곳은 19세기, 몰몬교 신자들이 박해를 피해 서쪽으로 이주해 황무지 위에 공동체를 세운 땅이기도 하다. 그들이 일구어낸 솔트레이크시티는 신앙을 중심으로 한 집단 개척의 상징으로 남았다. 금이나 철도를 따라 커진 도시가 아니라, 믿음 하나를 지도 삼아 만들어진 도시였다는 점에서 이곳의 개척은 조금 다른 결을 가진다.

하룻밤 묵을 곳을 찾아 한적한 마을에 도착한 우리는 집집마다 똑똑 현관문을 두드렸다. 애처롭게 사정했지만, 돌아온 건 "Sorry, not tonight. 미안하지만 오늘 밤은 어렵겠네."라는 차가운 거절뿐이었다.

"이렇게 박대를 많이 받은 건 오늘이 처음인데? 혹시 아시아인이라서 낯설게 느끼는 걸까?"

섭섭하고 착잡한 마음이 들었지만 그렇다고 포기할 수는 없었다. 언덕 위로 집이 몇 채 보였다.

"병권아, 제일 인심 좋아 보이는 집 골라봐. 마지막 시도다."

"저기 꼭대기 집이 제일 고상해 보이네."

선인장과 알로에가 무성한 마당을 지나 초인종을 눌렀다. 단정한 차림의 중년 신사가 고개를 내밀자 우리의 아름다운 여정과 궁핍한 사정을 털어놓았다. 신사는 잠시 묵묵히 듣더니 마당에 텐트 치는 것을 허락해 주었다. 그런데 잠시 후, 이층 창문 너머로 우리를 유심히 바라보던 그는 돌연 우리를 집 안으로 불러들였다.

집 안은 고풍스럽고 우아한 기품이 흘렀다. 샹들리에 아래 식탁에는 정성스레 차려진 저녁 식사가 기다리고 있었다. 스테이크에서는 부드러운 육즙이 터졌고, 부인이 건네준 와인에서는 달콤한 향이 피어올랐다. 치과의사인 폴 아저씨와 대학교수인 부인은 우리의 이야기에 진심 어린 관심을 보였다. 나는 LA를 떠나 라스베이거스와 그랜드캐니언을 거쳐 이곳까지 달려온 이야기를 들려주었다.

"아저씨도 기회 되면 자전거 여행 한번 해보세요. 자동차나 비행기로는 그냥 스쳐 가는 풍경도, 자전거로는 한 장 한 장 필름처럼 눈에 새길 수 있거든요."

"흥미롭군, 젊은이. 하지만 나는 하늘을 나는 걸 더 좋아해서 땅 위를 달리는 여행에는 큰 흥미를 못 느낀다네."

그는 의미심장한 미소를 지으며 창고 문을 열었다. 안에는 거대한 풍선이 앉아 있었다.

"나는 열기구 조종 자격증이 있네. 며칠 전에도 콜로라도에서 이 집까지 여덟 시간에 걸쳐 날아왔지. 이 근처에 이주일쯤 머문다면 자네들을 태워 줄 수 있는데, 어떻겠나?"

그의 눈빛은 하늘을 나는 자유로움으로 반짝이고 있었다. 유타의 핑크빛 대지를 하늘 위에서 내려다보는 것은 상상만으로 가슴을 설레게 했지만 갈 길이 멀었던 우리는 다음을 기약할 수밖에 없었다.

앤텔로프캐니언(Antelope Canyon)

말굽 협곡, 홀슈밴드(Horseshoe Bend)

그 여름의 아메리카

20 시시포스의 오르막 끝, 브라이스캐니언

브라이스캐니언 국립공원(Bryce Canyon National Park)

핑크빛 대지를 달리던 온몸은 이미 땀으로 절여진 상태였다. 그때 지나가던 차량 한 대가 슬금슬금 속도를 늦추더니 창문을 내렸다. 선글라스를 낀 남자가 얼굴을 내밀고는 대뜸 고래고래 소리를 질러댔다.

"You outta your damn minds? This is Utah! 야, 이 미친놈들아! 이 한여름에 제정신이야? 여긴 유타라고!"

"뭐라노, 저놈?" 병권이가 물었다.

"How about some water, you jerk! 야, 이 친절한 양반아! 욕할 시간

있으면 물 한 잔이나 주고 가라!" 먼지만 잔뜩 남기고 가는 트럭을 향해 내가 큰소리로 대꾸했다.

작열하는 태양 아래 산맥을 오른 지 어느덧 세 시간째였다. 산을 깎아 세워놓은 듯한 가파른 언덕에 역풍까지 몰아치니 자전거는 아장아장 기어가는 수준이었다. 허벅지는 터질 것 같았고, 차라리 자전거를 끌고 가는 게 덜 힘들고 더 **빠를** 것 같다는 생각이 들었다.

결국 안장에서 내려 자전거를 끌어보았다. 그러나 잠시 후 앞에서 죽어라 페달을 밟던 병권이가 아주 조금씩, 정말 아주 조금씩 멀어지고 있었다.

"아… 저 자식."

나는 다시 이를 악물고 안장에 올라탔다.

그때 문득 시시포스가 떠올랐다. 신들의 제왕 제우스의 은밀한 비밀을 폭로한 죄로 죽음의 위기에 처했던 사내. 그는 오히려 죽음의 신 타나토스를 속여 쇠사슬에 묶어버리는 기지를 발휘했고, 그가 죽음을 가둔 사이 세상에서는 잠시 죽음이 멈추는 기적이 일어나기도 했다. 결국 기만이 탄로나 저승으로 끌려갔으나, 그는 그곳에서조차 저승의 왕 하데스를 속여 다시 지상의 햇살 아래로 돌아왔다. 남들보다 훨씬 긴 생을 누리며 신들을 조롱했던 그의 오만은 결국 가혹한 대가를 불러왔다.

다시 저승으로 떨어진 그에게 내려진 형벌은 거대한 바위를 산 정상으로 밀어 올리는 것이었다. 온 힘을 다해 정상에 다다를 때마다 바위는 비웃듯 굉음을 내며 다시 아래로 굴러떨어졌다. 그는 그 무의미하고도 처절한 노동을 영원히 반복하며 끝없이 땀을 흘려야 했다.

불타는 유타의 산맥에서 짐을 가득 실은 무거운 자전거를 질질 끌며 오르는 나는 그 불운한 사내를 그대로 닮아 있었다.

아까 욕지거리를 하던 미국인이 옳은지도 모르겠어.

이 고통을 자처한 난 제정신이 아닌 거야.

지금 이 세상에 나보다 불행한 인간은 없을 거야.

바로 그때였다. 저 멀리 오르막의 끝, 휠체어에 앉은 한 중년 남성이 세상에서 가장 부러운 눈빛으로 나를 물끄러미 바라보고 있었다.

정신이 번쩍 든 나는 허공을 향해 있는 힘껏 외쳤다.

"이놈아, 넌 튼튼한 두 다리로 미국의 대지를 밟아 나가는 천하의 행운아다!"

우여곡절 끝에 천혜의 절경 브라이스캐니언에 도착했다. 절벽 위에 서자마자 계곡 아래서 치고 올라온 차가운 바람이 다리를 붙잡고 오들오들 떨게 했다. 시야를 가득 채운 것은 '후두(Hoodoo)'라 불리는 거대한 붉은 암석 기둥들이었다. 수천만 년의 햇빛을 머금은 오렌지빛과 분홍빛 기둥들은 비와 눈이 고원의 가장자리를 깎아내며 만들어졌다고 한다. 이는 인간의 손으로는 도저히 흉내 낼 수 없는 거대한 조각품의 형상을 하고 있었다.

문득 오래된 가족 앨범 속 한 장의 사진이 떠올랐다. 서른 무렵의 아버지가 이곳에서 찍은 사진. 어린 내 눈에 사진 속 아버지는 신비로운 세계를 다녀온 것처럼 보였는데, 이제 그 자리에 내가 서 있다.

그랜드캐니언을 시작으로 앤텔로프와 홀슈밴드를 지나 이곳 브라이스캐니언까지. 미국 서부를 상징하는 전설적인 협곡들을 모두 지나온 지금 나의 시선은 이제 더 먼 북쪽, 옐로스톤을 향한다. 그리고 그 길목에는 서부 개척의 영혼이 잠든 거대한 로키산맥이 우리를 기다리고 있다.

온통 핑크빛 풍경의 유타(Utah)

그 여름의 아메리카

Chapter 3

로키산맥과 옐로스톤,
희망과 절망을 안고

와이오밍주에서 몬태나주까지

★　★　★

21 로키산맥, 꿈과 절망의 경계

로키산맥(Rocky Mountains)

"옐로스톤! … 옐로스톤! 너 도대체 어딨냐! 어서 얼굴을 내밀어라…!"

웬 미치광이가 로키산맥을 자전거로 오르며 처절하게 외치고 있었다. 한 바탕 슬프게 울부짖던 그는 이제 지쳤는지 김광석 노래를 흥얼거리며 스스로를 위로하기 시작했다.

"그대는 기억조차 못하겠지만

이렇듯 소식조차 알 수 없지만

이름을 부르는 것만으로도

우리가 괴롭힌 소들

　눈물이 흐르던 그날들….”

　거대한 바다에서 길을 잃고 부유하는 난파선처럼 나는 장대한 로키산맥 위를 둥둥 떠가고 있다. 문득 영화 〈캐스트 어웨이〉의 주인공 톰 행크스가 떠올랐다. 무인도에 갇힌 채 지독한 고독을 견디려 배구공 윌슨에게 말을 걸던 그의 모습이 지금의 나와 다를 바 없지 않은가.

　무려 사흘 동안 매일 8시간씩 페달을 밟았지만, 시야에 들어오는 건 병권이의 뒷모습과 황량한 초원뿐이다. 사람은커녕 동물 한 마리 보이지 않았고, 드문드문 나타나는 폐가만이 이곳이 한때 누군가의 삶의 터전이었음을 말없이 증명하고 있었다.

누가 이 무거운 자전거를 끌고 이 거친 산맥을 넘으리라 상상했겠는가. 옐로스톤에 대한 갈망이 아니었다면 감히 이 고행을 결심하지 못했을 것이다. 이 산맥 앞에서 수많은 꿈이 시험대에 올랐다. 누군가는 고개를 넘기 전에 좌절했고 누군가는 끝내 산맥을 넘어 새로운 땅을 발견했다. 그리고 한 세기가 흐른 지금 나는 그들이 희망을 좇아 마차를 몰았던 그 길을 나만의 별을 향해 달리고 있다.

오후 4시. 사흘째 사람과 나눈 대화라곤 식사 시간 병권이와 주고받은 몇 마디가 전부라, 입안이 가시 돋친 듯 간질거렸다.

그때, 저 멀리 목초지 위에서 무언가가 꿈틀거렸다. 소떼였다.

오랜만에 마주한 생명체에 우리는 반가움이 폭발해 발작하기 시작했다. 이성은 흔적도 없이 사라졌다.

"야!!! 야!!! 네 이놈!!! 이리 오너라!"

아마도 우리의 존재를 알아봐 줄 무언가가 필요했던 것 같다. 그런데 이놈들은 건방지게 잠시 고개를 들어 힐끗 쳐다보더니, 이내 별 볼 일 없다는 듯 인사도 없이 다시 풀을 뜯기 시작하는 게 아닌가. 자존심이 상했다. 광활한 길 위에서 마주친 유일한 생명체마저 우리를 모르는 체하다니…. 그래도 우리는 만물의 영장 아닌가.

"네 이놈!! 어서 움직이지 못할까!!" 나는 단전 깊숙이서 숨을 끌어올려 우렁차게 외쳤다.

"음메, 음메."

그제야 놀란 듯 엉덩이를 실룩대며 떼를 지어 달아나는 소들의 울음소리가 초원 전체에 울려 퍼졌다. 그 모습을 보며 우리는 미친 사람처럼 깔깔 배꼽을 잡고 웃었다.

"소뗴야, 외로움을 달래줘서 고마워. 그리고… 괴롭혀서 미안해."

소리를 너무 지른 탓인지 이내 뱃속에서 꼬르륵 소리가 크게 울렸다. 고개를 들어보니 전깃줄 위로 새들이 여럿 앉아 있었다. 단백질을 발견한 우리는 곧장 나뭇가지를 꺾어 새총을 만들고 적당한 돌멩이를 골랐다.

"휙! 퍽!"

돌멩이는 정확히 새의 배를 강타했다.

"뭐야, 맞았는데 왜 안 떨어져?"

"미국 새는 미국 새인가 보다. 신체 조건이 남다르네."

돌에 맞고도 끄떡없는 새라니, 참. 허탈한 웃음이 나왔다. 우리는 결국 사냥을 포기하고 다시 자전거에 올랐다.

옐로스톤까지는 아직 1,000km 남짓. 하루에 100km씩 달린다 해도 열흘은 더 가야 하는 아득한 거리다. 광막한 도로에서 온갖 상념이 스쳤다. 부모님 생각, 군대에 있는 형 생각, 앞으로의 삶의 방향, 대학생으로서 의미 있는 경험을 쌓고 있다는 뿌듯함. 하지만 망망대해 같은 로키산맥은 또다시 나를 지독한 고독 속으로 밀어 넣었다.

그 여름의 아메리카

22 유타의 딸이 들려준 몰몬교리

켄델(Kendel)과 함께

 이 산맥이 나를 오르고 있는 건가 아니면 내가 이 산맥을 오르고 있는 건가. 적의를 품은 로키산맥은 이른 아침부터 나를 사정 없이 몰아붙이며 가능한 모든 형태의 고통을 요구하고 있다. 끝없는 오르막길로 나를 가차 없이 때리더니, 곧이어 굶주림으로 괴롭히며 나를 물리치려 했다.

 의식이 몽롱해진다.

 희망이라는 단어가 희미해진다.

 내 안의 모든 희열이 차갑게 식어 간다.

드디어 사람 사는 마을에 닿았다. 보통 오후 5시쯤이면 우리는 페달을 멈추고 가정집 초인종 앞에 선다. 마당이나 차고 한편에 텐트를 칠 수 있겠느냐고 간청하기 위해서다. 더 달릴 수도 있지만, 어둠이 내려앉은 길은 언제나 위험하다. 무엇보다 초인종을 누르는 순간에는 작은 설렘이 숨어 있다. 짧은 인사 한마디와 안부를 묻는 눈빛, 때로는 저녁 식탁으로의 초대. 아주 가끔은 따뜻한 샤워와 빨래도 할 수 있었고 와이파이를 빌려 가족에게 살아 있음을 알릴 수도 있다. 그런 밤들은 긴 여정 속에서 잠시 숨을 고르게 해주는 어둠 속 한 줄기 빛과 같은 시간이다.

"오늘은 운수 좋은 날일까?"

기대를 품고 초인종을 누르기 시작했다. 하지만 오늘은 시작부터 분위기가 달랐다. 열 번, 스무 번, 무려 쉰 번이 넘는 문전박대가 이어졌다.

"이상하다… 이렇게까지 안 되는 날은 처음인데."

"조금만 더 가면 다른 동네가 있다. 거기로 가보자."

하지만 그곳에서도 사정은 다르지 않았다. 유타에 들어온 뒤로 사람들의 눈빛은 눈에 띄게 냉랭해졌다. 곰곰이 생각해 보니 이곳에 들어온 뒤 유색인종을 단 한 명도 보지 못했다. 유타주의 백인 비율은 80퍼센트에 육박한다. 사막 햇볕에 검게 구워진 동양인 청년 둘은 그들에게 호기심의 대상이 아니라 경계의 대상이었던 셈이다.

"병권아, 오늘은 초인종 그만 누르자."

속이 쓰렸지만, 굳게 얼어붙은 마을 분위기 앞에서 우리는 첫 패배를 인정해야 했다. 몸을 숨길 풀숲이라도 찾아보려 했지만 사방은 그저 탁 트인 평지뿐이었다. 어쩔 수 없다. 어둠이 내리면 놀이터 구석에 몰래 텐트를 쳐야지. 새벽에 경찰이 깨우면 그땐 또 일어나면 되지 뭐.

그 여름의 아메리카

저녁을 먹기 전 마을을 배회하던 우리는 등산용품점에 들렀다. 나는 보냉 기능이 있는 카멜백 물통을 만지작거리고 있었다. 그때 사슴 같은 눈망울을 가진 직원 켄델이 호기심 가득한 표정으로 다가왔다.

"어디서 오신 거예요?"

지금까지의 여정을 들려주자 그녀는 눈을 반짝이며 듣더니 말했다.

"직원 할인을 해드릴게요." 그녀가 이어서 물었다. "그래서 오늘 밤은 어디서 묵으실 건가요?"

"아까 봐둔 놀이터 구석에 텐트를 치려고요."

"10분 뒤에 근무가 끝나요. 제 차를 따라오세요."

그때 옆에 있던 동료 스캇이 고개를 절레절레 흔들었다.

"켄델, 처음 본 동양인 남자 둘을 집으로 데려간다고?"

"괜찮아요. 저분들 좋은 사람들 같아요."

끝까지 불안해하던 스캇은 결국 동행을 자처했다. 우리는 그의 차에 올라 켄델의 차를 뒤따랐다. 잠시 후 차가 멈춘 곳에서 남자 셋은 그대로 얼어붙었다. 영화에서나 보던 헐리우드 배우들의 펜트하우스가 눈앞에 떡하니 서 있는 게 아닌가.

"Holy cow…. 이럴 수가…." 스캇이 중얼거렸다.

"뭐야. 너도 여기 처음이야? 난 네가 켄델의 남자 친구인 줄 알았어."

"아니야, 나도 켄델이 이렇게 부잣집 공주님인 줄 전혀 몰랐어."

하긴 등산용품점에서 아르바이트를 하던 그녀가 이런 궁궐에 살 거라고 누가 상상이나 했겠나. 차에서 내린 그녀가 환하게 웃으며 손을 흔들었다. 거대한 철문이 열리자 넓은 잔디밭 한가운데 사치스럽게 큰 분수대가 하얀 물보라를 뿜어내고 있었다.

"야, 세컨카는 들어봤어도 세컨세컨카는 처음 본다." 눈이 휘둥그레진 병권이가 중얼거렸다.

차고에는 네 대의 차가 가지런히 서 있었고, 그중 두 대는 같은 기종이었다. 유리문 너머로 햇살이 내려앉은 커다란 야외 수영장이 보였다. 각 방은 문을 열면 예쁜 정원으로 이어졌는데, 마치 여러 채의 집이 모여 하나의 작은 마을을 이룬 듯했다.

그때 3층으로 향하던 그녀가 장난스럽게 손가락으로 무언가를 가리켰다. 기다란 미끄럼틀이 보였다. 어린아이처럼 까르르 웃음을 터뜨리며 몸을 던지자, 순식간에 3층에서 1층으로 데려다주었다. 지하로 내려가니 대형 스크린과 폭신한 소파, 은은한 조명이 있는 개인 영화관이 있었다.

"부모님과 남동생들이 캘리포니아로 여행을 갔어요. 오늘은 여기 남동생 방에서 푹 쉬세요. 저는 저녁 준비를 할게요."

우리는 영화 속 한 장면 속에 들어온 듯 홀린 표정으로 서로를 바라봤다. 풍성한 음식이 가득한 저녁 식사 시간. 식탁 앞 통유리창 너머로 도시의 야경이 한눈에 내려다보였다.

그녀는 유타가 한국보다 면적은 두 배 이상 넓지만 인구는 15분의 1에 불과하며 그중 60퍼센트 이상이 몰몬교 신자라고 설명했다. 그 말을 듣는 순간 고향의 골목마다 하얀 셔츠에 넥타이를 맨 미국인 선교사들이 집집마다 문을 두드리며 복음을 전하던 모습이 떠올랐다. 어린 시절의 나는 그저 신기하게 바라봤을 뿐이었지만, 지금은 문득 그들의 신념이 궁금해졌다. 몰몬교에 대해 이것저것 묻자 그녀는 부드러운 미소를 지으며 자리에서 일어나 우리를 서재로 이끌었다. 그녀는 책장에서 몰몬경을 꺼내며 입을 열었다.

"좋아요, 이제부터 몰몬교 강의를 시작할게요. 사람들이 흔히 몰몬교라고 부르는데, 사실 정식 명칭은 '예수 그리스도 후기 성도 교회'예요. 이야기는 19세기 초, 열네 살의 한 소년에게서 시작돼요. 조셉 스미스라는 아이였죠."

그녀는 당시 상황을 덧붙였다. 교파가 너무 많아 어떤 교회가 진짜인지 혼란스러웠고, 조셉은 결국 하나님께 직접 묻기로 결심해 기도했다고 했다.

"그때 조셉은 하나님과 예수 그리스도의 현현을 보았다고 말해요. 이를 '첫 번째 시현'이라고 불러요. 그리고 얼마 뒤 천사 모로나이가 나타나 금판이 묻힌 곳을 알려주었죠. 조셉은 그 기록을 찾아 번역했고, 그것이 우리가 읽는 몰몬경이에요."

조셉이 비교적 근대의 인물이라는 점이 흥미로워 나는 물었다.

"그럼 조셉도 예수처럼 기적을 행한 적이 있나요?"

그녀는 잠시 생각하더니 고개를 끄덕였다.

"조셉이 번역한 몰몬경 자체가 그 기적의 증거라고 봐요. 당시 인간의 능력으로는 만들어 내기 어려운, 아주 정교한 문장 구조를 갖고 있거든요."

곧이어 이야기는 몰몬교의 독특한 선교 제도로 이어졌다. 남성 신도는 2년, 여성 신도는 18개월 동안 전 세계로 파견되는데, 목적지는 본인이 고르는 게 아니라 교회 본부에서 일방적으로 정해준다고 했다. 선교사들은 출발 전 선교사 훈련 센터에서 언어와 문화를 집중적으로 배우고, 파견지에 도착하면 항상 동반자와 함께 생활한다. 혼자 움직이는 법은 없고, 혼자 고민하는 법도 없는 이 제도는 서로의 신앙을 돈독하게 유지해 주기 위함이라고 했다.

이야기는 밤이 깊도록 계속되었다. 그녀의 이야기를 들으니 어린 시절 고향 골목에서 무심히 스쳐 지나갔던 흰색 넥타이를 맨 선교사들의 헌신과 믿음이 얼마나 깊은 것이었는지 조금은 이해할 수 있을 것 같았다. 방으로 돌아온 나는 한동안 생각에 잠겼다. 낯선 땅에서 새로운 문화를 배우고, 사람들과의 대화를 통해 세상을 넓혀가는 이 여정은 책에서 얻기 힘든 살아 있는 배움이었다. 이렇게 작은 순간들은 차곡차곡 쌓여, 조금씩 나를 변화시키고 있었다.

켄델집 지하 영화관

그 여름의 아메리카

켄델의 집 앞에서

켄델집 수영장

23

"알렉스, 너는
선생님이 잘 어울려."

길 위의 천사 페리(Perri) 아저씨와 브랜디(Brandy) 아주머니

달콤한 잠에서 깼다. 도대체 침대에서 일어나는 게 얼마 만인지. 화사한 드레스를 입은 켄델이 방문을 활짝 열며 애교 섞인 미소를 지었다.

"Breakfast is ready, guys! 아침 식사가 준비됐어요!"

정말이지 이 여자는 천사가 분명했다. 아침 식사를 마친 그녀는 우리가 길 위에서 먹을 초콜릿과 간식을 한아름 챙겨주더니, 직접 만든 사탕 목걸이를 우리 목에 하나씩 걸어주었다. 장난스러운 손길 속에는 말로 다 설명할 수 없는 다정함이 묻어 있었다.

그 여름의 아메리카

"선물이에요. 당신의 여정에 평화가 함께하길 바라요." 그녀는 몰몬경을 한 권씩 내밀며 덧붙였다. "혹시 이 근처에서 문제가 생기면 연락하세요. 아버지께서 아는 분이 많으시거든요."

거실 벽면 액자에는 품위와 격조가 느껴지는 정장 차림의 남자가 담겨 있었다.

"혹시⋯ 아버지가 유타주 상원의원이셔?"

"아마도요."

현관 앞까지 배웅을 나온 그녀는 햇빛을 가리려 한 손을 이마에 얹은 채 손을 흔들었다. 바람에 드레스 자락이 가볍게 나부끼고, 금빛 머리카락이 아침 햇살을 받아 부드럽게 빛났다.

"몸조심하고⋯ 언젠가 다시 꼭 만나자, 켄델."

시리우스의 등에 올라 몇 번이고 뒤를 돌아보았다. 대문 앞에 서 있던 그녀의 모습은 점점 작아졌지만, 그 따스한 미소는 오래도록 마음속에 남았다.

오후 4시, 우리는 도로 옆 그늘 없는 갓길에 멈춰 서서 아틀라스 지도를 펼쳐 들고 있었다. 바람에 지도가 사납게 펄럭거렸고, 모서리를 붙잡는 것조차 쉽지 않았다. 표지판과 지도를 번갈아 들여다보았지만, 선들은 복잡하게 얽혀 있었고 어디로 가야 할지 우리는 좀처럼 갈피를 잡지 못했다. 그때, 끼익 소리와 함께 트럭 한 대가 멈춰 섰다.

"너희 길을 잃었지, 그렇지?" 중년의 남자가 물었다.

"네, 맞아요. 표지판이 너무 헷갈리네요."

"따뜻한 샤워와 식사가 필요해 보이는구나."

아저씨는 자전거를 트럭 짐칸에 싣고 우리를 태웠다. 트럭은 광활한 황야를 가로질러 저녁 햇살에 붉게 물든 작은 교회 앞에서 멈춰 섰다. 그는 자신을 페리라 소개했고, 곁에는 아내 브랜디가 있었다. 부부는 교회에서 아이들에게 몰몬교리를 가르친다고 했다.

"우리가 수업하는 동안 간식을 먹고 편하게 쉬고 있으렴."

수업을 마친 부부는 친절하게도 옐로스톤이 있는 북쪽 와이오밍까지 우리를 데려다주겠다고 했다. 그들의 집과는 정반대 방향으로 향하는 길이었다. 차 안에서 두 시간 남짓 이어진 대화는 담백하고 진중했다. 진로를 묻는 그의 질문에 나는 교사와 번역가, 대학원 진학 사이에서 고민 중이라고 솔직히 털어놓았다.

"나도 선생님이지만, 정말 보람된 일이야."

그는 잠시 생각하다가 말을 이었다.

"짧은 시간이었지만 알렉스, 너는 선생님이 참 잘 어울린다는 확신이 들어. 낯선 곳에서도 물러서지 않는 용기, 끝까지 버티는 끈기, 그리고 사람의 마음을 이해하려는 태도. 그런 것들은 아이들에게 오래 남아. 지금 네가 하는 모든 경험도 그들에게 선물이 될 기고."

밤 9시, 마침내 와이오밍주에 도착했다. 유타와 달리 밤공기가 한층 서늘하고 투명했다. 부부는 이런 누추한 곳에 내려주어 미안하다고 거듭 사과했다. 두 사람의 눈빛에는 자식을 걱정하는 부모의 마음이 고스란히 담겨 있었다. 텐트가 완성되는 것을 확인한 뒤에야 그들은 안도한 표정으로 트럭에 올랐다. 낮게 깔린 엔진음이 점점 멀어지며 어둠 속으로 사라졌다. 별빛으로 가득한 와이오밍의 첫날 밤이었다.

페리 부부가 준 간식

24 와이오밍에서 만난 저명한 소설가

와이오밍(Wyoming)의 저명한 소설가 팀 샌들린의 집에서

   로키산맥에는 꿈도 있고 절망도 있다. 나는 나만의 별, 옐로스톤을 향해 좌절을 딛고 고통을 인내하며 한 발 한 발 전진한다. 내 육신을 가차 없이 부수고, 내 영혼마저 앗으려 달려드는 이 폭력적인 산맥을 나는 경외한다. 다른 이의 힘을 빌리지는 않는다. 오로지 이 차가운 몸뚱아리와 뜨거운 심장으로 이 처절한 투쟁을 끝까지 이어갈 생각이다.

   로키의 품속으로 더욱 깊숙이 파고든 나는 마침내 옐로스톤이 숨 쉬는 와이오밍에 당도했다. 델라웨어 원주민어 '메체웨아미잉(Mecheweamiing)'에서 유래한 이 이름은 '넓은 평원의 강이 흐르는 계곡'을 뜻한다고 한다. 이름처럼 이곳에는 초원과 설산, 숲이 광활하게 펼쳐져 있으며, 그 한가운데 옐로스톤 국립공원과 그랜드티턴 국립공원이 조용히 잠들어 있다. 그리고 길가 곳곳에서는 들소와 엘크, 곰들이 여기가 원래 자기 동네라는 듯 태연하게 길을 건넌다.

도로를 달리다 보면 이곳이 얼마나 독특한 시간대를 사는 곳인지 느낄 수 있다. 한쪽에서는 원주민이 차에 기름을 넣고 있고, 그 바로 옆에서는 또 다른 원주민이 말을 타고 유유히 달린다. 19세기와 21세기가 같은 도로 위에서 자연스럽게 공존한다.

하지만 이 땅은 겉보기보다 훨씬 대담하다. 인구가 부족했던 와이오밍은 여성을 이 땅으로 불러들이기 위해 세계에서 가장 먼저 여성 선거권을 내미는 선택을 했다. 생존을 위한 현실적인 판단이었고, 동시에 무법의 땅이라는 이름을 벗고 새로운 사회를 만들겠다는 선언이기도 했다. 거친 서부 개척의 바람 속에서도 평등을 제도의 이름으로 먼저 꺼내 든 사람들이 있었던 것이다.

시계는 오후 5시를 가리키고 있었다. 끝없을 것 같던 언덕 너머로 작은 마을이 고개를 내밀었다.

"병권아, 제일 인심 좋아 보이는 집 골라봐."

그가 망설임 없이 손가락으로 가리킨 곳은 언덕 꼭대기에 자리 잡은 붉은 벽돌집이었다. 정갈하게 가꿔진 화단과 나무 그네가 놓인 넓은 마당이 평화로워 보였다.

"안녕하세요. 저희는 LA에서부터 자전거로 대륙을 일주하는 중입니다. 실례가 안 된다면 혹시 마당에 텐트를 좀 칠 수 있을까요?"

"좋습니다. 다만…." 주인아저씨가 웃으며 덧붙였다. "뱀이 자주 나오니 조심하세요."

잠시 후, 아저씨는 우리를 집 안으로 초대했고, 따뜻한 차를 앞에 두고 이런저런 이야기를 나누다가 그는 자신을 미국 문단의 유명 소설가 팀 샌들린이라고 소개했다. 『슬픔은 떠오른다』, 『웨스턴 스윙』, 『사회적 실수들』은 독자와 평단의 사랑을 받았고 영화와 TV 시리즈로도 제작되었다고 했다. 집 안은 그야말로 책의 숲이었다. 거실과 복도, 서재까지 빼곡히 들어찬 책들 사이로 그의 작품들이 빛났고 여기저기 흩어진 원고와 메모지는 살아 있는 문학관 같았다.

"아버지 책도 자주 읽니?" 나는 호기심에 딸에게 물었다.

"아니요. 아버지가 못 읽게 하세요. 대부분 성인 연애소설이거든요."

모두가 한바탕 웃음을 터뜨렸다. 그때 팀 아저씨가 자리를 박차고 일어나 서재로 달려갔다.

"아버지는 영감이 떠오르면 늘 저러세요."

잠시 뒤, 팀 아저씨는 『웨스턴 스윙』을 들고 내려와 선물이라며 우리에게 건네주었다. 그러고는 다시 말없이 서재로 들어가 글쓰기에 몰두했다.

잠을 청하기 전 나는 이 여정 속에서 만난 얼굴들을 하나씩 떠올렸다. 산타모니카 해변에서 잠자리를 내어준 일로라 아주머니, 한국전쟁 참전용사 후예인 경찰관 랜디 아저씨, 라스베이거스에서 김치를 좋아하던 변호사 부부, 옐로스톤을 보여준 린다 아주머니, 그랜드캐니언에서 우리를 구해준 웨스 아저씨, 사막에서 길을 안내해 준 트럭 기사, 유타의 몰몬 소녀 켄델, 성직자 페리 부부, 와이오밍에서 유명한 소설가 마당에서 텐트를 치게 된 오늘 밤까지….

나는 조용히 웃었다. 정말 이 여행은 수많은 미국의 얼굴을 보여주는구나.

팀 샌들린(Tim Sandlin) 집에서 본 전경

25 비밀통로의 시작, 그랜드티턴

그랜드티턴 국립공원(Grand Teton National Park)

"옐로스톤! 옐로스톤…!"

이른 아침부터 분노한 나는 두 팔을 하늘로 치켜들고 갈라진 목소리로
절규했다.

"도대체 어디에 숨어버린 거냐! 네 얼굴을 보여주는 것이 네 모든 것을
내어주는 일이라도 된다는 말이냐!

그때 침묵으로 일관하던 옐로스톤을 대신해 그랜드티턴이 일단 나라도
보고 가라며 용서를 빌 듯 얼굴을 내밀었다. 성채처럼 솟아오른 은빛 봉우

리와 설산 아래로는 엘크와 무스, 곰과 늑대들이 저마다의 질서를 지키며 살아 숨 쉬고 있었다. 길목마다 '곰 조심'이라 적힌 붉은 표지판들이 경고장처럼 덕지덕지 붙어 있었다.

진짜 곰을 마주칠 수 있을까? 시속 60km로 달리고 나무도 단숨에 오르는 곰 앞에서 절대로 등을 보이지 말고 침착하라고?

캠핑장 매점에서 곰 퇴치용 스프레이를 발견하고 반가운 마음에 달려갔지만, 예의 없이 7만 원을 요구하는 가격표를 보는 순간 얼른 선반 위로 내동댕이쳤다. 에이, 설마 곰을 진짜로 마주치겠어.

캠핑비를 내지 않기 위해 안내판에도, 지도에도 없는 우리만의 비밀통로를 찾아 나섰다. 방법은 다음과 같다. 먼저 자세를 낮추고 캠핑장 입구의 매표소를 살핀다. 이때 순찰 경비대의 눈에 띄는 일은 없어야 한다. 그다음 매표소 주변을 몰래 서성이며 캠핑장 안으로 길이 이어질 만한 풀숲이 있는지 살핀다. 직감이 '여기다' 하는 신호를 보내면 그대로 숲속으로 몸을 던진다.

비밀통로를 달릴 때면 어린 시절 숨바꼭질이 떠올라 키득키득 웃음이 났지만, 곧 창백한 긴장감에 온몸이 굳어졌다. 이곳은 사람이 다니는 길이 아니라 사슴과 여우, 곰이 드나드는 야생의 길이다. 숲속 가시덤불을 헤치고 나아가자 잎사귀가 얼굴을 때렸고, 발은 뒤엉킨 덤불 속으로 푹푹 빠져들었다. 언제 무엇이 튀어나올지 모른다는 생각이 등을 세차게 떠밀었다. 우리는 거친 숨을 몰아 내쉬며 숲을 재빨리 가로질렀다.

멀리서 음악 소리와 희미한 불빛이 번져왔다. 이제 마지막으로 두 눈을 부릅뜨고 있는 순찰 경비대의 눈을 속이는 일이 남았다. 들키는 순간 벌금 아니면 즉각 퇴출이었다.

그때 홀로 캠핑을 하던 한 인도 청년이 눈에 들어왔다. 우리는 자세를 낮추고 다가가 그에게 속삭였다.

"혹시… 관리인이 오면 우리가 당신의 일행이라고 말해주실 수 있을까요?"

시드라는 이름의 청년은 미국 대학에서 석사 과정을 마친 뒤 힐링 여행을 하고 있다고 했다. 이어 그는 자신이 속해 있는 인도의 명상 단체 이샤 재단(Isha Foundation)에 대해 이야기해 주었다.

"시작하기 전엔 몸이 너무 아파 걷지도 못했어요. 그런데 요가와 명상을 하며 균형을 되찾았죠. 지금은 산도 거뜬히 오르고 학위도 좋은 성적으로 마칠 수 있었어요."

책으로만 접했던 인도의 요가와 명상 문화로 인생이 바뀌었다는 그의 이야기를 들으며 나도 언젠가 직접 경험해 보고 싶다는 생각이 들었다.

잠자리에 들기 전, 시드가 낮은 목소리로 속삭였다.

"여기 곰이 자주 나와요. 최근엔 인명 피해도 있었어요. 음식이랑 냄새 나는 건 절대 텐트 근처에 두지 마세요. 치약 냄새도 밑고 옵니다."

심심치 않게 볼 수 있던 "곰 조심하세요" 표지판

그랜드티턴 국립공원(Grand Teton National Park)

그 여름의 아메리카

26

옐로스톤 곰 발자국 앞에서 얼어붙다

드디어 마주한 유네스코 세계자연유산 **옐로스톤 국립공원**(Yellowstone National Park)

 이 야만적인 산맥에 내던져진 채 도대체 얼마나 버틴 걸까. 육신은 이미 만신창이가 되었고 감각은 고통 속에서 하나둘 마비되어 갔다. 인간은 파괴될 수 있을지 몰라도 패배할 수는 없다고 헤밍웨이는 말했다. 그의 말처럼 이 선한 싸움에서 내가 할 수 있는 일이라곤 무너질 듯 흔들리는 정신을 붙잡고 한 걸음 한 걸음 앞으로 나아가는 것뿐이다.

 그때 황량한 도로 끝자락 너머로 당당하게 서 있는 무언가가 보였다. 잘 못 본 것은 아닐까 싶어 힘을 주어 눈을 비비고 다시 바라보았다. 그 순간,

나는 그 자리에 멈춰 서서 멍하니 넋을 잃고 말았다.

옐로스톤 국립공원 표지판이 길 위에 우뚝 솟아 환히 웃고 있었다!

전율이 척추를 타고 올라와 순식간에 온몸으로 번졌다. 살아남았다는 안도와 끝내 해냈다는 환희, 뼛속까지 파고들던 고독과 좌절, 그리고 한계를 넘어선 뿌듯함과 대견함이 소용돌이쳤다. 그토록 보고 싶었던 노란 모닝글로리 온천을 보지 않아도 괜찮을 것 같았다. 나는 이미 충분히 행복했다.

이런 내 마음을 읽은 걸까. 입구를 통과한 지 세 시간이 지났는데도 활화산과 온천은 자신의 그림자도 보여주지 않았다. 지도를 펼쳐보니 이곳 면적이 서울의 무려 열다섯 배에 달했다. 우리는 할 수 없이 본격적인 탐방을 내일로 미루고 오늘 밤 잠자리를 찾기 시작했다.

곳곳에 덕지덕지 붙어 있는 '곰 조심' 표지판을 바라보던 병권이가 어두운 표정으로 입을 열었다.

"늑대나 퓨마 정도라면 어떻게든 싸워볼 수 있겠지. 하지만 곰은 백전백패야. 특히 회색곰은… 그냥 제삿날이지."

밤새 곰이 머릿속에 들락날락했는지 녀석은 오늘따라 유난히 예민해 보였다. 우리는 지도를 펼쳐 가장 가까운 캠핑장을 찍고 곧장 달렸다. 캠핑장 근처 매표소를 발견하자 반사적으로 몸을 숨기고는 순찰차의 동태를 살폈다. 경비대가 방심한 틈을 타 우리만의 비밀통로를 찾아 어두운 숲속으로 몸을 던졌다. 50kg이 넘는 시리우스를 허리에 짊어진 채 바위와 가시나무 덤불을 헤치며 내달렸다. 뒤엉킨 나무뿌리들이 발목을 낚아챘지만 짐승들의 눈을 피하려면 속도를 늦출 수 없었다. 한참의 사투 끝에 마침내 넓은 평지에 도착했다.

그런데… 무언가 이상했다.

그 여름의 아메리카

"뭐야, 여기 캠핑장 맞는데… 왜 사람이 아무도 없지?"

캠핑장이라면 으레 들려야 할 깔깔대는 웃음소리도, 고소한 바비큐 냄새도, 따스한 불빛도 없었다. 오직 적막 속에 바람이 나무를 흔드는 스산한 소리뿐이었다. 그 순간, 낮에 들었던 공원 직원의 경고가 번개처럼 머리를 스쳤다.

"곰이 자주 출몰한 캠핑장은 잠정 폐쇄됩니다."

그때 병권이가 떨리는 목소리로 낮게 속삭였다.

"우창아… 이거 봐. 곰 발자국이야."

발밑에는 사람 머리통만 한 발자국이 선명히 찍혀 있었다. 땅을 후벼 판 듯한 뾰족한 발톱 자국은 소름 끼치도록 깊었다. 무엇보다 그 발자국이 우리가 들어온 방향과 정확히 같은 곳을 향하고 있었다. 곰은 이미 우리를 보고 있는지도 모른다. 우리는 곧장 근원적 본능의 명령을 따르기 시작했다.

"야… 도망쳐!"

등 뒤에서 나뭇가지가 으지직 부서졌다. 자전거 바퀴가 흙탕물을 사정없이 튀기며 비명을 질렀다. 숲은 바람에 흔들리며 날카롭게 울었고, 그 소리는 곰이 쫓아오는 소리처럼 들렸다. 바위투성이 길에 바퀴가 빠지고 나무에 부딪히며 무릎이 찢겨 나갔지만, 고통을 느낄 틈조차 없었다. 공포에 질린 우리는 그저 미친 듯이 페달을 밟았다.

얼마나 달렸을까. 저 멀리 희미한 도로 불빛이 보였다.

"와… 십 년은 늙은 기분이다."

그날 밤 여린 달빛이 내려와 우리의 놀란 가슴을 조용히 어루만져 주었다. 내일은 살아 숨 쉬는 지구 옐로스톤을 무사히 마주할 수 있기를.

모닝글로리 온천 앞에서

　이 온천은 정녕 지구에서 탄생한 것이 맞는가. 다른 행성에서 떨어진 게 아니란 말인가.

　우주의 신비를 품고 있는 이 모닝글로리 온천 앞에 섰다. 맑은 코발트블루에 연초록, 노랑, 오렌지색까지 누군가 우주에서 물감을 들고 내려와 마음껏 색칠 놀이를 해놓은 것 같았다. 온천은 빛과 열기가 뒤섞여 금방이라도 살아 움직일 것만 같았다. 이어서 도착한 올드 페이스풀에서는 뜨거운 물기둥이 하늘로 솟구쳤고 거대한 물줄기는 마치 지구의 심장이 뛰는 듯한 진동을 전해 주었다.

옐로스톤은 약 64만 년 전 상상을 초월하는 거대한 화산 폭발로 태어난 땅이라고 한다. 지금도 그 심장부에서는 마그마가 꿈틀거리며 조용히 숨을 고르고 있다. 과학자들은 말한다. 만약 이 거인이 다시 깨어난다면 미국 국토의 상당 부분이 사라지고 화산재가 전 세계 하늘을 뒤덮을 것이라고. 문득 어릴 적 보았던 다큐멘터리가 떠올랐다. 이 펄펄 끓는 물 속에서도 미생물이 살아간다고 하지 않았던가.

나는 곧 상상의 나래를 펼치기 시작했다. 인간의 몸은 70%가 물로 이루어져 있다. 그렇다면 이 미생물들은 수억 년 전 바다에서 태동한 인류의 조상과 먼 친척쯤 되지 않을까? 생각해 보면 이 미생물들 역시 몸의 대부분은 물일 터였다.

다윈의 진화론을 떠올려 보면 인간의 기원 또한 원시 바다에 있지 않은가. 단세포로 시작한 생명은 오랜 세월 동안 이것저것으로 진화하다가 어떤 녀석은 육지로 기어 올라가고 또 어떤 녀석은 끝내 사람이 되었다고 한다. 그렇게 따지고 보면 이 끓는 물 속 미생물과 나 사이의 거리는 생각보다 그리 멀지 않은 셈이다.

우주의 신비를 품은 이 땅은 내 상상력을 끝없이 자극했다.

이 혹독한 환경에서도 생명이 존재한다면 우주의 어딘가에도 분명 또 다른 생명체가 살고 있을 거야. 그들 역시 우리처럼 물속에서 시작했을지도 혹은 전혀 다른 방식으로 진화했을지도 모르지. 분명한 건 그들도 저만의 방식으로 살아가고 있다는 거야.

이런저런 생각에 잠겨 있는데 들판에 털썩 주저앉아 휴식을 취하고 있는 커다란 들소 한 마리가 보였다. 회색곰, 엘크, 사슴, 회색늑대, 들소는 이

숲의 수호자들이다. 나는 천천히 발걸음을 옮기며 말했다.

"병권아, 사진 한 장만 부탁해."

"야, 더 가까이 가지 마라! 들소가 일어나 달려들면 너 진짜 죽는다!"

잠시 후 길가에 세워진 빨간 경고 표지판이 보였다.

"들소에 접근하는 것은 연방법에 의해 엄격히 금지되어 있습니다. 들소
는 인간보다 세 배 더 빠르게 달릴 수 있습니다."

인간보다 세 배나 빠르다니. 인생은 다큐멘터리가 아님을 잊지 말자.

그 여름의 아메리카

무식하게 들소(bison)에게 접근하는 나

28 서부 개척의 길, 몬태나로

브랜든과 함께

　태고의 폭발이 빚어낸 로어 폭포는 천둥 치듯 굉음을 울리며 땅 위로 쏟아졌다. 안내문에는 안전 규정을 무시하다 목숨을 잃은 사례가 적혀 있었다. 자연의 위압감과 경이로움이 동시에 밀려왔다.

　이제 우리는 갈림길 위에 섰다. 애초의 목표는 미국을 서쪽에서 동쪽까지 가로질러 뉴욕까지 달리는 것이었다. 하지만 옐로스톤을 보기 위해 북쪽으로 향했던 순간부터 우리의 나침반은 이미 조금 다른 방향을 가리키고 있었다.

"이토록 아름다운 서부를 그냥 두고 갈 수 있겠나?" 나는 쏟아지는 폭포수와 병권이를 번갈아 보며 말했다. "로키산맥을 따라 북쪽 캐나다로 가보자."

병권이는 잠시 생각하더니 고개를 끄덕였다. "그래. 시원하게 위로 한번 올라가 보자."

"좋아. 그럼 이제부터 진짜 서부 탐험이다!"

우리는 활짝 웃으며 서로의 손을 맞잡았다. 낡은 지도 위에 새로운 여정의 잉크 선이 반짝이기 시작했다. 병권이는 곧장 캘거리에 계신 작은아버지께 연락을 드렸고 나는 몬태나에 사는 절친 저스틴에게 메시지를 보냈다. 비록 저스틴은 대만에 있어 직접 만날 순 없었지만 몬태나의 가족들이 우리를 따뜻하게 맞아줄 거라는 반가운 답장을 보내왔다.

옐로스톤을 뒤로하고 북쪽 몬태나를 향해 시원한 내리막을 가르던 그때였다. 멀리서 한 청년이 두 팔을 크게 흔들며 환호하고 있었다. 저스틴의 동생 브랜든이었다. 그는 자전거에 실린 거대한 짐과 우리의 몰골을 번갈아 보더니 눈을 휘둥그레 뜨며 물었다.

"알렉스, 너 정말 여기까지 자전거로 온 거야?"

"응, 산타모니카에서부터."

"와… 말도 안 돼! 이런 걸 실제로 해낸 사람은 처음 봐. 진심으로 존경한다, 친구야!"

그의 눈빛은 우리가 지나온 뜨거운 사막과 험준한 로키산맥 그리고 수많은 위태로운 순간들을 읽어낸 듯했다. 모험을 즐기는 그조차 이건 절대 못할 일이라는 말이 마음에 깊게 남았다. 이 여행은 아직 절반도 지나지 않았지만, 나라는 사람을 보여주기 위해 시작했던 여정의 목적이 서서히 이루어지고 있음을 그의 눈빛이 말해주고 있었다.

브랜든은 얼어붙은 우리의 몸을 녹여주겠다며 곧장 근처 술집으로 이끌었다. 문을 열고 들어서는 순간 정적이 흘렀다. 잔을 들던 손은 멈추고, 대화는 끊기고, 사람들의 시선이 일제히 우리를 향했다. 마치 태어나서 처음으로 동양인을 본 듯한 눈빛이었다. 백인은 몬태나 인구의 85%를 차지한다.

"그래, 몬태나에 있는 동안 뭘 제일 하고 싶어?" 브랜든이 맥주잔을 내려놓으며 말했다.

"글레이셔 국립공원과 플랫헤드 호수에 가보고 싶어. 물이 너무 맑아 바닥이 다 보이지만, 실제로는 너무 깊어 사고가 잦다는 그 투명한 호수 말이야."

"좋아! 하지만 그전에 한국팀과 미국팀의 사격 대결부터 하는 건 어때?"

브랜든은 마치 오래전부터 알고 지낸 친구처럼 편안했다. 나는 창문 너머로 시선을 옮겼다. 오래전 저스틴의 휴대전화 속 사진으로만 보던 거대한 설산이 지금 눈앞에서 태연하게 숨 쉬고 있었다.

로어 폭포(Lower Falls)

29

총, 자유, 그리고
미국인의 신념

기관총을 든 나

몬태나. 이름이 '산'을 뜻하는 스페인어 '몬타냐(montaña)'에서 왔다더니 그 말이 결코 과장이 아니었다. 로키산맥은 마치 자기가 이 땅의 중심이라도 되는 듯 떡하니 버티고 있었다. 하늘은 끝이 보이지 않을 만큼 높고 넓었으며, 수정처럼 투명한 호수들은 산자락 사이사이에 아무렇게나 보석처럼 흩어져 있었다. 이곳의 자연은 계절마다 얼굴을 바꾼다. 겨울이면 설원이 스키와 스노보드의 놀이터가 되고 여름에는 빙하와 계곡, 폭포가 차례 없이 등장한다. 이 땅의 주인인 곰이나 엘크를 마주치는 일은 관광이 아니

그 여름의 아메리카

라 이웃을 스쳐 지나가는 것과 같은 일상이다.

물론 이 평화로운 땅에도 한때 격랑의 세월이 있었다. 19세기 중반, 금과 은을 찾아 몰려든 사람들로 몬태나는 욕망의 땅이 되었고, 그 열기는 많은 것을 남기고 또 많은 것을 앗아갔다. 시간이 지나 광풍이 잦아들자 금맥을 좇던 마을들은 유령 도시로 남았다. 그리고 몬태나는 다시 자연의 품으로 돌아왔다. 바람이 불면 어딘가에서 다가닥 다가닥 말발굽 소리가 음악처럼 들려온다.

"Ready for the battle? 전투 준비 완료됐지?"

브랜든이 트럭 뒤 칸을 열며 장난기 가득한 미소를 지었다.

"You've handled these guns before in the army, right? 너희 군대 에서 이런 총들 다뤄봤을 거 아냐, 그치?"

샷건을 든 병권이

트럭 뒤에는 샷건부터 저격총, 권총, 심지어 기관총까지 한가득 실려 있었다. 영화 속 특수부대나 들고 나올 법한 위력적인 장비들이 햇빛을 받아 차갑게 번뜩였다. 나는 헛웃음을 지으며 답했다.

"아니, 우리 군대에서는 이런 고급 총을 구경해 본 적도 없어."

가슴을 풍선처럼 부풀린 채, 나는 가장 먼저 샷건을 움켜쥐었다. 브랜든은 산에서 곰이 덤벼드는 순간 다른 총은 오히려 놈의 분노만 키울 뿐이라며 말했다. 그런 상황에서는 안타깝지만 어쩔 수 없이 강력한 샷건이 유일한 살길이라고 했다.

나는 숨을 고르고 방아쇠를 당겼다.

"철컥, 탕! 철컥 탕!"

내가 총을 쏜 게 아니라, 총이 나를 쐈다. 굉음과 함께 어깨가 뒤로 튕기며 몸이 휘청거렸다. 욱신거리는 어깨를 부여잡자 브랜든과 병권이가 폭소를 터뜨렸다.

"하하! 우창아, 뭐 하냐? 어깨로 반동을 꽉 눌러줘야지, 그러다 뒤로 자빠지겠다!"

"야 인마, 네가 직접 해봐! 이게 말처럼 쉬운 줄 알아?"

귀신 잡는 해병대는 반동을 가볍게 제압했고 탄환은 과녁 한가운데를 정확히 꿰뚫었다.

다음은 M16 기관총 연사가 시작되었다.

"두두두두두…."

총알이 빗줄기처럼 쏟아지자 아드레날린이 폭발하듯 치솟았다. 우리는 놀이공원에 풀어놓은 아이들처럼 까르르 소리를 지르며 탄창이 텅 빌 때까지 불을 뿜어댔다.

그 여름의 아메리카

이번에는 브랜든이 트럭 위에서 어서 오라고 손짓했다. 전쟁 영화의 스나이퍼처럼 우리는 트렁크 위에 엎드려 저격 자세를 잡고 숨을 죽였다. 조준경 너머로 펼쳐진 세상은 고요했고 선명했다. 마치 현실이 아닌 게임 화면 같았다. 호흡을 멈추고, 멀리 있는 적군을 향해 방아쇠를 당겼다.

마지막은 권총이었다. 우리는 옛 영화 속 장군들처럼 외투 가슴팍에 권총을 꽂아두었다가 마음속의 신호가 떨어지기 무섭게 단숨에 꺼내 들었다. 들판을 달리고 괴성을 지르며 상상 속의 적을 향해 방아쇠를 마구 당겼다. 딸깍 소리와 함께 마지막 탄환이 사라졌다. 그렇게 기나긴 전투는 막을 내렸다.

와, 일반인이 이런 위력적인 장비를 마음껏 다룰 수 있다니 미국은 참 대단한 나라야. 입안에 맴도는 매캐한 화약 냄새를 씻어내기 위해 우리는 인근 맥주 공장으로 향했다. 시원한 맥주를 들이켜자 문득 예전 저스틴과 치열하게 나눴던 총기 소지 논쟁이 떠올랐다.

미국에서 총기는 언제나 뜨거운 감자였다. 나는 수많은 시민의 생명을 앗아가는 위험한 물건이라며 반대 입장을 고수했고 저스틴은 역사적 배경과 현실적 필요를 들어 물러서지 않았다.

"알렉스, 미국에서 총은 단순한 무기가 아니야."

그의 논리는 늘 수정 헌법 제2조로 귀결되었다.

'잘 규율된 민병대는 자유로운 국가의 안보에 필요하므로, 국민이 무기를 소지하고 휴대할 권리는 침해되어서는 안 된다.'

저스틴은 이 문장이 독립전쟁의 피비린내 나는 역사 속에서 태어났다고 말했다. 식민지 시절 영국이 가했던 무기 제한은 미국인들 가슴 깊이 각인되었고 그 기억은 무기를 지닌 시민이야말로 자유를 지킨다는 신념으로 이어졌다는 것이다. 미국인에게 총은 폭력의 수단이 아니라 억압에 맞서기 위한 마지막 보루였다. 그는 이 조항이 만들어지기까지 수많은 희생이 따랐다는 사실을 다시 한번 강조했다.

"하지만 지금은 21세기잖아. 여전히 그런 위협을 걱정해야 할까?"

"역사는 반복되거든."

그는 이어 미국의 현실을 덧붙였다. 광활하고 인적 드문 이 땅에서는 곰이나 늑대 같은 야생동물과 언제, 어디서 마주칠지 모른다는 것이다. 그런 상황에서 총은 생존 수단이 된다고 했다. 옐로스톤에서 곰 발자국을 직접 본 나는 그의 말이 무엇을 뜻했는지 몸으로 이해하게 되었다.

총은 또한 미국 문화의 일부라고도 했다. 사냥과 사격은 오래된 레저이자 스포츠로 자리 잡아 주말마다 사격장을 찾는 풍경은 한국 사람들이 산에 오르는 것만큼이나 자연스러운 일상이라는 것이다. 여기에 강력한 이익집단의 영향력까지 더해져 총은 단순한 도구를 넘어 정치와 정체성의 상징이 되었다. 저스틴은 마지막에 늘 이렇게 말했다.

"독립과 자유는 미국인의 핏속에 흐르는 정신이야. 총은 그 정신의 상징이지. 그래서 미국은 결코 그걸 쉽게 내려놓지 못할 거야."

그 여름의 아메리카

30

한때 소심했던 모범생
지금은 세계를 누비는 절친

나의 절친 미국인 저스틴(Justin)

　아침에 일어나니 밤새도록 마신 알코올의 잔향이 아직도 입안에 남아 있었다. 브랜든은 숙취 해장을 위해 짭짤한 페페로니 피자를 주문했다. 기름기 가득한 피자 조각이 위장을 달래자 비로소 정신이 맑아지기 시작했다.

　점심에는 한국팀과 미국팀의 클레이 사격 대결이 벌어졌다. 푸른 하늘을 가르며 떠오르는 오렌지색 점토가 총성과 함께 산산이 부서질 때마다 미국팀의 탄식과 한국팀의 환호가 교차했다. 결과는 군필자 한국팀의 승리였다.

　해가 기울 즈음, 저스틴의 어머니가 따뜻한 집밥으로 우리를 맞아주셨다. 막 구운 **빵** 냄새가 구수하게 퍼지고 수프에서 김이 모락모락 올랐다. 얼마 만에 먹는 따뜻한 집밥인지…. 식사 중 대화는 자연스레 저스틴의 이야기로 흘러갔다.

"저스틴은 학창 시절 단 한 번도 1등을 놓친 적이 없었어."

어머니는 자랑스러운 미소를 지으며 말씀하셨다. 이어 아들이 학사와 석사 과정을 단 5년 만에 마쳤다고 덧붙이셨다. 미국에서는 4년 만에 대학을 졸업하는 것만으로도 수재라 불리는데, 조기 졸업이라니. 하지만 녀석의 영민함을 익히 잘 알고 있었던 터라 그리 놀랍지는 않았다.

"아, 저스틴이 라스베이거스에서 도박을 한 적이 있는데…." 그녀는 입가에 웃음을 머금고 덧붙이셨다. "그 녀석, 확률 계산으로 단 한 번도 돈을 잃지 않았단다."

순간 영화 속 수학 천재들이 떠올랐다. 차분하게 카드를 세고 찰나의 순간 승패를 예견하는 '카운팅(Counting)' 기법. 저스틴은 그 경지에 올라 카드와 경우의 수를 번개처럼 그려냈던 것이다. 하지만 진짜 놀라운 반전은 그 뒤에 있었다.

"그런데 한국에 다녀온 뒤, 아들이 완전히 달라졌어. 예전엔 조용하고 내성적이었는데 이제는 누구보다 자신감 넘치고 적극적인 사람이 되었지."

어머니의 목소리에는 여전히 신기함이 서려 있었다. 한국에서의 시간이 그에게는 단순한 여행이 아니라 인생의 전환점이었구나.

저스틴은 내 20대 시절 가장 큰 영향을 준 가족 같은 친구다. 젊은 시절 우리는 서로의 문화를 배우며 성장하겠다는 꿈을 품었고 3년 동안 매일 같이 맥주잔을 기울이며 깊은 대화를 나눴다. 그는 내게 미국을, 나는 그에게 한국을 가르쳐주었다. 한국에서 영어 강사로 일하며 자유롭게 여행을 하던 그는 이제 전 세계를 무대로 일하는 토목공학자가 되어 있다. 그는 여행이 한 사람의 삶을 어떻게 바꿀 수 있는지 보여주는 산증인이었고 그 이야기는 나에게도 조용히 속삭였다.

"너 역시 변하고 있잖아."

31 미국은 재미없는 천국
한국은 재미있는 지옥

유네스코 세계자연유산 글레이셔 국립공원(Glacier National Park)

상쾌한 아침이 밝았다. 오늘은 하늘의 은혜를 입은 듯한 글레이셔 국립
공원과 플랫헤드 호수에 도착했다. 서늘한 공기와 얼음처럼 차가운 계곡
물, 끝없이 펼쳐진 푸른 초원과 살랑이는 바람 속에서 온몸의 피가 맑게 정
화되는 기분이었다.

"우와… 만약 천국이 있다면, 분명 이런 모습이겠지."

그랜드캐니언이 길들여지지 않은 야성으로 인간을 압도하는 천하에 둘
도 없는 장엄함이었다면, 글레이셔는 속세의 상처를 어루만지며 영혼을 맑

게 씻어주는 순결무구였다. 나는 말없이 카메라 셔터를 연신 눌렀다.

"난 어릴 때부터 보고 자라서 그런지… 그냥 그래." 브랜든이 무심하게 말했다.

"무슨 소리야! 이런 곳에서 태어나고 자란 넌 진짜 행운아야!"

문득 한국에서의 삶이 떠올랐다. 사회적 성공과 욕망을 위해 치열하게 경쟁하며 앞만 보고 달리던 지난날들. 성공이란 것이 과연 인생에서 그토록 중요한 걸까. 이렇게 대자연의 품에서 여유를 만끽하며 지족하는 삶도 풍요롭지 않은가.

도대체 저스틴은 왜 이 천국을 등지고 떠난 걸까. 여름이면 투명한 강물에 몸을 던지고 겨울이면 설원을 가로지르며 사계절 내내 사냥을 즐길 수 있는 이 천혜의 땅을 두고 왜 굳이 한국과 일본, 라오스 같은 낯선 땅에서 고난을 자처한 걸까.

"나도 형이 왜 여길 떠났는지 모르겠어." 브랜든도 고개를 갸우뚱 저었다.

궁금증을 참지 못하고 저스틴에게 전화를 걸었다. 잠시 침묵하던 그는 이내 낮고 진지한 목소리로 답했다.

"알렉스, 미국은 재미없는 천국이고, 한국은 재미있는 지옥이야."

그는 담담하게 이야기를 계속했다.

"인생은 단 한 번뿐이잖아. 젊을 때는 한국처럼 치열한 곳에서 부딪히며 나를 단련하고 세계를 누비며 시야를 넓히고 싶어. 나이가 들면 다시 몬태나로 돌아갈지도 모르지. 하지만 지금의 나에겐 익숙한 안락함보다 새로운 세계가 더 중요해."

그의 말에 절로 고개가 끄덕여졌다. 나 역시 안주를 거부하고 배움을 찾아 이 먼 고생길을 걷고 있지 않은가. 몬태나의 밤하늘 위로 은하수가 강물처럼 흘렀다. 쏟아지는 별빛 아래 깊은 생각의 적막이 온 세상을 가득 채우고 있었다.

그 여름의 아메리카

Chapter 4

캐나다의
푸른 별빛 아래서

앨버타주에서 브리티시컬럼비아주까지

★　★　★

32 국경을 넘다

캐나다 국경에서

오늘은 지도 위 꼬불꼬불한 선에 불과했던 국경이 내 두 발과 땀방울이 지나온 생생한 길이 되는 순간이다. 우리는 꼬박 닷새 동안 신세를 진 저스틴의 가족 앞에 섰다.

"가족처럼 돌봐주셔서 진심으로 감사합니다. 덕분에 몬태나에서 평생 잊지 못할 추억을 만들었어요."

"잠깐만, 얘들아. 캐나다는 여기보다 훨씬 추울 거야. 이대로는 안 돼."

어머니는 옷장을 열어 저스틴의 스웨터와 바람막이, 두툼한 장갑을 한아름 꺼내오셨다. 짐을 자전거에 묶는 동안 현관 너머로 브랜든의 우렁찬 목소리가 울려 퍼졌다.

"불굴의 한국인이여! 무사히 종단을 마치고 꼭 소식 전해라! 무조건 살아서 돌아와야 해!"

국경 너머에는 어떤 이야기들이 우리를 기다리고 있을까. 문득 예전에 저스틴이 농담처럼 던졌던 말이 떠올랐다.

"미국인은 종종 캐나다를 '아메리칸 주니어'라고 불러. 미국의 어린 동생쯤으로 놀리는 거지. 캐나다인은 그 말 정말 싫어해."

그 농담 뒤에는 깊은 역사가 숨어 있다. 미국이 영국의 지배에 맞서 총을 들었을 때 캐나다는 왕관의 그림자 아래 머물기를 택했다. 보호와 안정을 좇은 왕당파와 정착민들 그리고 아직 독립을 감당하기엔 너무 적었던 인구 때문이었다. 하지만 미국인의 눈에 그들은 용감하지 못한 이웃처럼 비쳤을 것이다. 결정적인 갈림길은 1812년이었다. 독립에 성공한 미국은 캐나다를 향해 북쪽으로 진군했지만, 원정은 실패로 끝났다. 그날 이후 캐나다인들 사이에는 우리는 미국과 다르다는 자의식이 뚜렷하게 자리 잡았다.

국경을 넘자 차가운 바람이 피부를 날카롭게 베기 시작했다. 한국에는 초여름을 준비할 6월, 캐나다는 다른 계절에 머물러 있었다. 다행히도 저스틴의 어머니가 주신 스웨터가 이 낯선 신고식을 대신 받아주었다.

우리가 가장 먼저 발을 디딘 곳은 앨버타주였다. 평화로운 초원에는 사람 그림자 하나 보이지 않고 한가로이 풀을 뜯는 소떼만이 느릿한 시간의 흐름을 완성하고 있었다.

밤 9시 무렵, 드디어 병권이의 작은아버지를 만났다.

"고생 많았다. 어서 가자, 밥 먹어야지."

갓 지은 흰쌀밥 위에 올린 소고기, 아삭하게 씹히는 김치, 고추장의 매콤한 향이 단숨에 우리를 고향으로 데려갔다.

병권의 캐나다 작은아버지 댁에서 만난 반가운 고향의 맛

33 캘거리산 최상급 스테이크

캘거리산 최상급 스테이크를 즐기는 우리

캐나다의 에너지 수도라는 별명이 괜히 붙은 게 아니다. 앨버타주의 경제는 석유와 천연가스 산업이 힘차게 이끌고 있다. 한때는 드넓은 평야와 소떼만이 전부였던 이곳의 운명은 1947년, 땅속에서 석유가 솟아오르던 그날 완전히 바뀌었다. 검은 금맥을 좇아 사람들이 몰려들었고 일자리와 욕망, 활력이 뒤섞이며 도시들이 자라났다. 그렇게 도시들이 자라났고 그 중심에 캘거리와 에드먼턴이 있다.

"오늘 저녁엔 최상급 스테이크다."

우리는 캘거리에서 일하고 계신 병권이 작은아버지의 한마디에 그대로 끌려갔다. 접시 위에 오른 스테이크는 칼을 대자마자 선홍빛 육즙이 주르륵 흐르며 부드럽게 갈라졌고 레드 와인의 온기가 속을 데우며 온몸을 붉게 물들였다.

　작은아버지, 이 밤을 잊지 않겠습니다. 다음에도 미디엄 레어로 부탁드립니다.

캘거리 타워

34

청량한 돌산
순백의 마음, 밴프

Day 39~41
6월 19~21일

밴프 국립공원(Banff National Park)의 돌산

니체가 말했다.

"사람은 자기 안에 혼돈을 지니고 있어야, 춤추는 별 하나를 낳을 수 있다."

따뜻하고 안락한 작은아버님 댁에 머물고 싶은 마음이 굴뚝같았지만 그래서 더욱 떠나야 했다. 나는 시리우스의 고삐를 잡고 안장에 올랐다.

"장한 대한의 건아들아, 정말 자랑스럽다. 조심해서 이 모험을 무사히 마치길 기도한다!"

190   그 여름의 아메리카

"정말 감사합니다! 꼭 무사히 완주할게요!"

떠나는 우리를 위해 작은어머니는 정성 어린 손길로 고추장, 김치, 참치, 김, 라면 등을 차곡차곡 넣어주셨다.

시리우스의 고삐를 힘차게 당기자 캘거리의 건물들이 서서히 뒤로 물러났고 도시의 소음은 점점 희미해졌다. 몇 시간이 흐른 뒤 로키산맥의 웅장한 능선이 서서히 모습을 드러냈고 곧이어 로키의 보석이라 불리는 밴프가 거대한 문을 열었다. 여름 햇살 아래에서도 산봉우리들은 여전히 겨울처럼 순백의 눈을 이고 있었다. 하늘은 수정처럼 맑고 푸르렀고 초록빛 들판은 바람을 따라 잔잔한 파도처럼 일렁였다.

"야… 저 돌산들, 우리 마음을 씻어내는 것 같지 않냐?"

"그러게. 차갑고 단단해 보이는 게 영혼이 정화되는 기분이 드네."

이튿날 아침, 우리는 눈이 시릴 만큼 푸른 루이스 호수와 모레인 호수로 향했다. 카약을 타고 호수 한가운데로 나아가자 햇살은 은빛 조각이 되어 수면 위로 내려앉았다. 에메랄드빛 물결은 성스러운 세례수가 되어 지난날의 과오를 조용히 씻어주었다. 여기라면 애써 무엇을 추구하지 않고 평생 만족하며 살 수 있을 것 같았다.

캠핑장으로 향하는 길. 길가에서는 사슴이 똘망똘망 눈을 크게 뜨고 인사했고 절벽 위에서는 큰뿔양이 태연하게 풀을 뜯고 있었다. 그때, 저 멀리 성큼성큼 걸어가는 커다란 그림자가 보였다.

"오, 흑곰이다!"

나는 동물원을 처음 온 어린이처럼 설레는 마음으로 달려갔다. 하지만 가까이서 마주한 곰은 전혀 귀엽지 않았다. 거친 털이 육중한 몸을 뒤덮고 있었고 철퇴처럼 단단한 앞발이 땅을 찍을 때마다 둔탁한 진동이 전해졌다.

"야… 객기 부리지 말고 뒤로 와라. 더 자극하면 쟤 펜스를 순식간에 타고 넘어온다." 병권이가 낮게 속삭였다.

우리와 곰 사이를 가로막고 있는 것은 고작해야 얇은 펜스 하나뿐이었다. 나는 숨을 죽인 채 조심스럽게 뒷걸음질을 쳤다.

만약 흑곰이 나에게 흥미라도 가졌다면? 돌이켜보면 참 무식하고 아찔하기 짝이 없었다.

보석빛을 품은 루이스 호수(Lewis Lake)

그 여름의 아메리카

흑곰을 자극한 후 도망치는 나

35 돈이 아닌 별을 세는 시간

밴프 타운

밴프 국립공원의 또다른 특별함은 '밴프 타운'이라는 작은 마을에 숨어 있다. 푸른 숲 사이로 유럽풍 건물들이 옹기종기 몸을 기대고 있었고 거리마다 갓 볶은 커피 향이 부드럽게 흘러나왔다. 우리는 카페 옆 돌바닥에 누워 노래를 틀었다. 우리의 애창곡은 원리퍼블릭의 〈Counting Stars〉.

"난 요즘 들어 잠을 설치고 있어. 우리가 할 수 있는 것을 상상해 보느라.

그대여, 나는 요즘 간절히 기도하고 있어. 이제는 돈을 세지 않고 별을 세겠다고…."

오후, 플로리다에서 출발해 자전거로 캐나다까지 올라온 일흔의 노인 세 명을 만났다. 느릿한 말투와 몸동작에는 세월의 무게가 배어 있었지만 눈빛만큼은 젊은 여행자 못지않게 또렷했다.

"나는 알래스카까지 가서 오로라를 직접 보고 싶네. 이번 생에 내 마지막 꿈일세."

"… 우리도 알래스카로 향할까?"

마음이 흔들렸다. 북극의 별빛 아래서 오로라를 마주하는 건 누구나 한 번쯤 꿈꾸는 절정의 순간이 아니던가. 하지만 새 학기 복학이라는 현실이 나를 기다리고 있었다.

달빛에 젖은 밤, '숙박비 0원'의 엄중한 맹세를 지키기 위해 비밀통로를 찾아 조심스레 캠핑장 안으로 들어왔다. 그때 여자 친구를 위해 기타를 치며 노래를 부르고 있는 한 청년이 보였다.

"What a voice! 와, 목소리가 정말 감미롭네요!"

내 감탄에 그는 수줍게 웃더니, 곡을 하나 더 이어갔다. 오늘 밤의 그는 낭만적인 음악가였지만 실은 UFC 데뷔를 앞둔 종합격투기 선수였다. 그는 우리의 여정에 흥미를 보이더니 맥주 한 박스를 내밀었다. 모닥불 앞에 둘러앉은 우리는 달빛을 안주 삼아 각자의 이야기를 꺼냈다. 누군가는 사랑을 위해, 누군가는 꿈을 위해.

UFC 종합격투기선수 브랜든(Brendan)과 함께

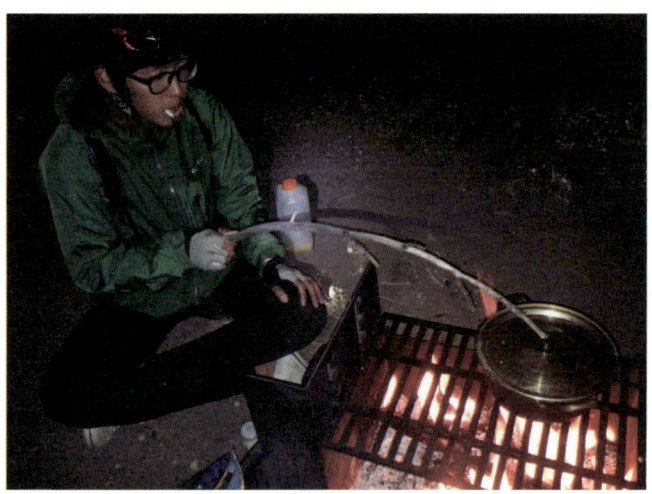

압력밥솥으로 밥을 짓는 나

그 이름의 아메리카

36 회색곰과 눈이 마주치다

회색곰(Grizzly Bear)

회색곰(Grizzly Bear)과의 조우

밴프에서 무려 엿새 동안이나 머문 우리는 밴쿠버를 향해 길을 틀었다. 우리가 들어선 브리티시컬럼비아주는 캐나다의 태평양 관문이자 아시아와 북미를 잇는 요충지다. 이 땅에는 거대한 무역 도시 밴쿠버를 비롯해 로키 산맥의 능선, 끝없이 이어지는 해안선, 그리고 손때 묻지 않은 원시림이 양보하지 않고 절묘하게 공존하고 있다.

평화롭게 길을 달리던 그때 병권이가 낮은 목소리로 내뱉었다.

"우창아… 조용히, 아무 소리도 내지 말고 자전거 멈춰라….."

풀숲 사이로 거대한 형체가 어슬렁어슬렁 돌아다니고 있었다. 눈앞에 있는 회색곰은 지금껏 마주했던 어떤 야수보다도 덩치가 컸다. 짙은 털가죽은 햇빛을 받아 은빛으로 번들거렸고, 한 걸음 내디딜 때마다 등 근육이 덩어리째 꿈틀거렸다. 코를 쿵쿵대며 숨을 고를 때마다 공기와 땅이 함께 울렸다. 놈은 자기 영역을 침범당해 언짢은 포식자의 얼굴로 우리를 뚫어져라 쳐다보았다. 만약 지금 저 녀석이 달려든다면 10초, 아니, 5초 만에 우리는 저항 한 번 제대로 해보지 못한 채 사지가 갈기갈기 찢길 것이다!

그때 어디선가 다급한 외침이 들려왔다.

"Stay where you are! I will call the police! 거기 가만히 있어요! 경찰을 부를게요!"

잠시 후 경찰차가 숲을 가르며 쏜살같이 달려왔고 공포탄을 터뜨렸다.

"탕!"

하지만 녀석은 귀를 한 번 까딱할 뿐 오히려 더 신경질적인 눈빛으로 노려보았다.

"탕! 탕!"

두 번째, 세 번째 공포탄. 탄피 냄새가 코를 찌르며 퍼지자 그제야 그리

그 여름의 아메리카

즐리는 몸을 부르르 떨며 방향을 틀었다. 그리고 마치 여긴 내 땅이라고 선언하듯 하늘을 찢는 포효를 내지른 뒤 숲속으로 사라졌다.

만약 우리가 30초만 더 빨리 페달을 밟았다면 어떻게 되었을까. 지금쯤 곰의 뱃속에 있지 않을까.

37

고향 진주에서 건너온 응원의 마음

자선 중고점에서 산 메트리스로 침낭을 만드는 나

"두 달 가까이 여행하면서 아직 짐 하나 제대로 쌀 줄 모르다니, 이 바보 멍청아!"

아침부터 기분이 저조했다. 월마트에서 거금 3만 원을 주고 산 침낭을 길바닥 어딘가에 헌납해 버린 것이다. 돈도 돈이지만 두 달을 달려온 놈이 아직도 이런 초보적인 실수를 한다는 사실이 너무 억울했다. 분이 가시지 않은 나는 스스로를 벌주겠다는 결연한 표정으로 중고 상점 문을 거칠게 밀고 들어갔다. 가게 안에는 헌 옷가지, 낡은 책, 어디에 쓰였는지 알 수 없는

그 여름의 아메리카

도자기들이 서로 얽혀 어지럽게 쌓여 있었다. 그 구석에서 안마 매트와 솜 뭉치 몇 덩이를 발견했다.

가위로 안마 매트의 전선을 싹둑 잘라내고 안쪽에 솜을 꾹꾹 눌러 넣었다. 모양은 누가 봐도 수상했지만 얼추 침낭 비슷한 꼴을 갖췄다. 자괴감이 조금은 달아났다. 단돈 3천 원으로 3만 원짜리 침낭을 대신했으니 이 정도면 잘했다. 나도 드디어 병권이처럼 생활력이 강해지고 있구나. 두 달 동안 같은 길을 달리고 같은 텐트에 누우며 녀석의 어깨너머로 배운 생존 요령들이 조금씩 내 안에 스며들고 있었다. 이번 자전거 여행이 내게 준 또 하나의 귀한 선물이었다.

오후 4시, 국도 위에서 낯익은 글자가 적힌 버스 한 대가 우리 옆을 스쳐 지나갔다.

"야, 저거 한국 관광버스 아니냐?"

우리는 버스 뒤꽁무니를 따라 전속력으로 페달을 밟았다. 버스가 휴게소에 멈추자마자 우리는 화장실 근처에 거지처럼 털썩 주저앉았다. 컵라면에 뜨거운 물을 붓고 면발을 후루룩 삼켰다. 혹시 김치 한 조각이라도 얻을 수 있을까 은근히 기대하면서.

"세상에! 자전거로 여기까지 온 거예요?"

"네, LA에서 출발해 국경 넘어 캐나다까지 왔습니다."

관광객들의 감탄사가 쏟아졌다. 그중 한 신사가 우리를 한참 바라보더니 물었다.

"사투리를 들어보니… 혹시 경남 사람 아니가?"

"맞습니다. 저희 둘 다 진주 출신입니다."

"어머나, 나도 진주 사람이라네! 지금은 대학에서 강의하고 있지."

예상치 못한 타국에서의 재회였다. 잠시 후 교수님은 지갑을 꺼내 봉투 하나를 쑥 내미셨다.

"아니, 교수님! 저희 정말 괜찮습니다."

"됐어, 넣어둬. 고향 후배한테 이 정도는 해야지. 여행 중에 꼭 필요할 거야. 맛있는 것도 좀 사 먹고."

봉투 안에는 무려 50만 원이 들어 있었다. 병권이와 나는 서로를 바라보며 말을 잃었다.

"교수님… 감사합니다! 정말 잘 쓰겠습니다!"

페달을 밟던 우리는 캠프파이어를 즐기는 가정집을 발견했다. 조심스럽게 대문을 두드리자 취기가 오른 캐나다 여성들이 환하게 웃으며 들어오라고 손짓했다.

밤하늘에는 둥근 보름달이 떠 있었다.

캠프파이어를 즐기는 캐나다 여성들 집에서

38 밴쿠버, 도시의 화려함 속에 스며든 고요

스탠리공원(Stanley Park)에서 태극기를 두르고

　세계에서 가장 살기 좋은 도시로 꼽히는 밴쿠버에 발을 디뎠다. 태평양과 로키산맥 사이에 놓인 이 도시는 도심에서 몇 걸음만 벗어나도 풍경의 표정을 바꿨다. 파도가 부서지는 바다를 지나면 짙은 숲이 이어지고 고요한 호수가 모습을 드러냈다. 거리에서는 서로 다른 언어들이 물처럼 섞여 흘렀다. 차이나타운과 리틀 인디아, 한인타운이 이어지는 풍경을 걷다 보니 여권 없이 세계를 건너는 기분이 들었다.

　밴쿠버와 한국은 인연도 깊다. 한반도에 전쟁의 불길이 번졌을 때 캐나다는 머나먼 땅의 아픔에 손을 내밀어 유엔군으로 참전했다. 전쟁이 끝난 뒤 삶의 터전을 잃은 사람들은 새로운 희망을 찾아 이 땅에 닿았다. 언어도 통하지 않는 낯선 거리에서 하루하루를 버텨내던 인고의 시간이 이 도시 곳곳에 스며 있다. 한글 간판 아래 뽀얀 김이 피어오르는 국밥집, 숯불 냄새를 폴폴 풍기는 불고기집, 면을 삶는 소리가 들려오는 국수집 등 익숙한 냄새가 골목을 채우는 식당들이 바로 그 흔적들이다.

김치찌개와 비빔밥 냄새에 홀린 우리는 이성을 잃은 사람처럼 한식당 거리를 휘젓고 다녔다. 유리 진열장 안 비빔밥의 반숙 계란의 노른자가 황금처럼 반짝이며 우리를 유혹했고 고추장의 붉은 윤기는 정겹게 웃고 있었다. 하지만 가격표가 달콤한 상상을 모조리 앗아갔다.

비빔밥 한 그릇에 12,000원.

한동안 유리 진열장 앞에 서서 침을 삼키던 우리는 오늘도 식욕보다 절약을 선택했다. 태극기를 어깨에 두른 채 거리를 서성였다. 혹시 누군가 한국에서 오셨냐고 말을 걸며 김치찌개 한 그릇을 사주지 않을까. 하지만 살기 좋은 도시 밴쿠버는 밥까지 공짜로 주지는 않았다.

우리는 스탠리공원으로 향했다. 뉴욕 센트럴 파크보다 넓다는 이 거대한 공원은 도심 한복판에서도 숲과 잔디를 아낌없이 내어주고 있었다. 낮 동안 돗자리를 펴고 책을 읽는 이들과 기타를 치는 청년들의 평화로운 풍경이 한 폭의 수채화처럼 흩어져 있었다.

밤이 깊어지자 공원의 표정은 달라졌다. 도시의 불빛은 멀어지고 숲은 조용히 어둠을 불러들였다. 우리는 나무가 빽빽하고 잔디가 넓은 곳에 슬그머니 들어가 몰래 텐트를 쳤다. 밴쿠버에서 자연이 만들어 준 은밀한 보금자리였다.

태극기를 두른 채 어슬렁거리는 나

스탠리공원 숲속, 몰래 마련한 은신처

39
한국의 향기, 그리고 빅토리아

친절한 한인 아주머니

    캐나다 건국기념일. 도시는 온통 축제 열기로 들끓었다. 거리마다 퍼레이드가 펼쳐졌고 음악이 도시를 울렸다. 아이들은 얼굴에 단풍나무 낙엽을 그려 넣고 뛰어다녔고 밴드의 연주에 맞춰 사람들은 맥주잔을 높이 들며 춤을 추었다. 우리도 작은 국기를 사 자전거에 꽂은 뒤 인파를 따라 걸었다. 그때 익숙한 언어가 귀에 들려왔다.

    "어머, 너희 어디서 왔어?"

    고개를 돌리자 붉은 티셔츠를 입은 한인 교포 아주머니가 반가운 눈빛으

그 여름의 아메리카

로 서 있었다.

"미국 남쪽, LA에서 자전거 타고 왔어요."

아주머니의 눈이 동그래졌다.

"아이고 세상에… 이 더운 날씨에? 몇 달을 그렇게 달려왔다고? 밥은…
제대로 먹고 다니는 거야?"

아주머니는 마치 아들을 보는 것 같다며 우리를 곧장 한식당으로 이끌었
다. 김치찌개 국물을 한 숟갈 뜨자마자 전날 모형 비빔밥이 안겨준 서러움
이 단숨에 달아났다. 여행길에서 아무리 다양한 음식을 맛본다 해도 고향
밥이 주는 위로와 포만감에 비할쏘냐. 하물며 아들을 걱정하는 마음이 담
긴 이 밥상이라면 더 말할 것도 없다.

"아주머니, 진짜… 너무 잘 먹었습니다."

다음 날 아침, 우리는 미국으로 돌아가는 페리를 타기 위해 밴쿠버섬의
빅토리아로 향했다. 영국 빅토리아 여왕의 이름을 딴 이곳은 여전히 19세
기 식민지 시대의 고전적인 분위기가 짙게 배어 있었다. 세월을 머금은 고
풍스러운 건물들과 정갈하게 가꿔진 정원들은 바다 위의 제국이 남기고 간
화려한 그림자였다.

노을이 지자 건축물마다 불빛이 켜졌고 항구의 물결은 그 빛을 흡수하며
잔잔히 출렁이고 있었다. 우리는 이 밤을 낭만으로 물들이기 위해 숲속으
로 들어갔다. 주변에 노숙자가 제법 많다는 소문을 주워들은 터라 침낭 옆
에 칼을 올려두었다. 때로는 맹수보다 사람이 더 무서운 법이니까.

이른 아침, 낯선 소란에 눈을 떴다. 나뭇가지마다 젖은 옷들이 줄지어 매
달려 있었고 짐을 가득 실은 카트를 끄는 이들이 분주히 오가고 있었다. 위
협적인 기색은 없었지만 시선이 마주칠 때마다 묘한 긴장감이 흘렀다. 병

권이와 나는 말없이 고개를 끄덕이고는 신속하게 텐트를 거두었다.

밴쿠버 아일랜드(Vancouver Island)에 있는 빅토리아

빅토리아(Victoria)의 항구

그 여름의 아메리카

Chapter 5

나의 아메리카,
90일의 기억

워싱턴주에서 캘리포니아주까지

★ ★ ★

40 '제2의 고국'으로 귀향하다

미국행 페리 위

드디어 캐나다에서의 여정이 막을 내리고 미국으로 향하는 페리에 승선했다. 배가 항구를 미끄러지듯 떠나자 가슴 한쪽이 뭉클하게 달아올랐다. 마치 그리운 고국으로 돌아가는 듯한 이 기분은 도대체 무엇일까.

곰곰이 생각해 보니 이유를 알 것 같았다. 지난 두 달 동안 모하비 사막의 열기와 로키산맥의 끝없는 오르막을 지나는 사이, 이름 모를 행인들이 내밀어준 물 한잔과 도시들이 베풀어준 소박한 친절이 내 안에 차곡차곡 쌓여 있었다. 그렇게 모인 시간과 마음들이 어느새 낯선 땅을 따뜻한 보금자리로 바꿔놓은 것이다.

드디어 워싱턴주에 하선했다. 초대 대통령의 이름을 딴 이 땅은 태평양 연안의 북서쪽 끝자락에 자리했는데, 마치 세상에 존재하는 모든 초록을 한데 모아 아주 천천히 펼쳐 놓은 듯했다. 그 안에는 올림픽 국립공원이 숨 쉬고 있었다. 아파트 19층 높이의 가문비나무 사이로 바람이 스치자 나뭇잎과 새들이 낮은 목소리로 화답하며 울었다.

지난 두 달간은 하루하루가 시험과도 같았다. 방학 안에 미국 일주를 끝내야 한다는 마음에 우리는 늘 시간표에 쫓기듯 달렸다. 사막은 우리의 체력을, 산맥은 인내심을, 도시들은 사회성을 시험했다. 물 한 컵을 얻기 위해 웃음과 예의, 눈치까지 총동원해야 했으니 말이다. 그래서 남은 한 달만큼은 여유를 즐기기로 했다. 태평양 해안도로의 짙은 녹음 사이로 바다의 기운을 느끼며 평온하게 여정을 마무리하기로 했다. 슈퍼마켓에서 저녁거리를 고르고 있던 그때였다.

"혹시… 자전거 여행 중이에요?"

콜로라도에서 출발해 서부를 자전거로 여행 중이라는 브레넌은 환하게 웃으며 말을 걸었다.

"같이 캠핑할래요?"

모닥불 앞에 둘러앉아 서로의 여행담을 나누며 또 하나의 특별한 우정을 쌓았다.

그 여름의 아메리카

유네스코 세계자연유산 올림픽 국립공원(Olympic National Park)

초록의 바다 올림픽 국립공원

가문비나무에 선 병권

41 미국 독립기념일
그리고 우리의 해방식

브레넌(Brennan)과 함께 든 미국 독립기념일 축배

"Hey guys! Come on···. It's the Fourth of July. 오늘 독립기념일인데···. 이걸 그냥 넘기는 건 좀 아니지. 맥주 한잔 하자!"

"미안, 브레넌. 우리 주머니 사정이 좀···."

말이 끝나기 무섭게 그의 얼굴에서 웃음기가 사라졌다. 독립기념일에 건배하지 않는다는 건 그의 상식으로 도저히 상상할 수 없는 일이었던 걸까. 한동안 침묵하며 앞만 보고 달리던 그는 자전거를 멈춰 세우며 외쳤다.

"Alright! 내가 살게. 술집으로 가자!"

아이처럼 환하게 웃는 그의 표정에서 독립기념일이 미국인들에게 얼마나 소중한 날인지 알 수 있었다. 낮술의 취기가 슬슬 오르자 다리는 점점 무거워졌고 페달도 마음처럼 돌지 않았다. 그때 숲 가장자리에 버려진 폐가 하나가 눈에 들어왔다.

"라면을 끓이려면 모닥불을 피워야 하니 장작 거리를 찾아보자."

집 안을 이리저리 뒤지며 쓸만한 목재를 찾던 중 낡은 식탁 하나를 발견했다. 순간 우리 셋의 누가 먼저랄 것도 없이 광기를 부리기 시작했다.

"으아아아악! 다 작살내버려!"

"야, 저 고물 컴퓨터부터 집어던져!"

술기운 때문일까 아니면 오랜 피로와 억눌린 감정의 폭발이었을까. 셋은 고래고래 고함을 지르며 텔레비전과 소파를 넘어뜨리고, 식탁을 걷어차고, 컴퓨터를 집어 던졌다. 가구들은 산산이 흩어져 공중을 날았고 폐가는 순식간에 형체를 잃었다. 미국에는 이런 감정을 합법적으로 풀어내는 공간이 따로 있다. 망치나 야구 배트를 쥐고 컴퓨터나 의자, 접시를 마음껏 내려치며 스트레스를 푸는 '분노의 방'이라는 곳이다. 숨을 혁혁거리며 땀을 흘린 지 얼마의 시간이 흐르자 허기가 몰려왔다. 광기를 가라앉힌 우리는 라면을 끓였다.

날이 어둑해지자 우리는 혹시 모를 노숙자의 침입에 대비해 텐트 주위에 낙엽을 수북이 깔아두었다.

"이걸 밟으면 바스락 소리가 날 거야. 일종의 경보 장치지."

"효과가 있긴 할까? 이 소리를 듣고 잠에서 깬다고?"

"… 글쎄, 그냥 자기 위안이지 뭐."

며칠째 씻지 못한 몸에서는 진한 땀 냄새가 퍼져 나와 코끝을 찔렀다.

그 여름의 아메리카

우리만의 분노의 방에서

42 문명과 단절된 몸, 워싱턴의 숲에서

강에서 샤워하는 나

샤워라는 문명의 혜택과 단절된 지 무려 보름째. 기름진 머리카락은 윤기가 좔좔 흘렀고 온몸은 가려움으로 들끓었다. 그때 병권이가 턱을 긁적이며 말했다.

"야생동물은 샤워를 안 해도 우리처럼 가렵지 않잖아. 털이 오히려 뽀송뽀송하고. 우리도 걔네처럼 몸을 씻지 않으면 가려움이 사라지지 않을까?"

"그래, 사람 털이나 동물 털이나 어차피 비슷한 털이니까, 그지?" 나는 고개를 끄덕이며 맞장구쳤다.

그 여름의 아메리카

장난처럼 던진 말이었지만 곱씹을수록 꽤 그럴싸한 가설 같았다. 어쩌면 인위적으로 자꾸 씻어서 기름이 더 빨리 도는 건지도 몰랐다.

"좋아. 그럼 여행 끝날 때까지 머리를 감지 말고 버텨보자. 기름이 다 빠지면 동물처럼 되겠지."

우리의 표정은 놀라울 만큼 진지했다. 그때 숲 너머로 햇빛을 받아 반짝이는 강물이 보이자, 둘은 순식간에 옷을 훌렁 벗어 던지고 물속으로 곧장 돌진했다. 북쪽 강물의 매서운 차가움이 피부를 바늘처럼 찔렀지만 몸을 씻는 달콤함을 이겨내지는 못했다.

"아하하! 야생동물 털 만들기 프로젝트는 다음에 도전하자!"

저녁 무렵, 숲 가장자리에 텐트를 치고 은빛으로 잔잔히 흔들리는 태평양을 바라보았다.

"저 바다 너머 어딘가에 우리 고국이 있다….".

병권이와 나는 말없이 맥주 캔을 부딪쳤다. 침묵 속에서 수많은 감정이 오갔다. 밤이 깊어지자 나는 텐트 램프를 켜고 중고 서점에서 산 낡은 로맨스 소설 『노트북』을 펼쳤다.

문득 생각했다. 이 자유는 얼마나 큰 특권인가. 성적이나 취업, 책임이라는 단어들이 사라진 지금 나는 무언가를 깨닫고 싶은 영혼의 충동에 이끌려 이 드넓은 세상을 방랑하고 있다. 내일은 어디에서 잘지 누구를 만날지 어떤 풍경이 펼쳐질지 그 모든 미지의 가능성은 달콤한 예감들로 가득 차 있다. 이 낭만이 오래 머물기를 바라며, 다가오는 밤을 마중 나가기 위해 천천히 눈을 감았다.

워싱턴 국립공원에서 우리의 숙소

태평양 너머 고국을 그리워하며

그 여름의 아메리카

43

"선배, 오늘 떠난다고 하지 않으셨어요?"

염치 불고하고 후배들 집에 장기 투숙해 버린 눈치 없는 선배

　워싱턴을 지나 마침내 목재업의 심장 오리건주에 들어섰다. 전체 면적의 절반 가까이가 숲으로 뒤덮여 있는 이 땅에는 길거리 어디서나 짙은 나무 향이 풍겨왔다. 오리건 하면 자연스레 떠오르는 이름이 있다. 바로 포틀랜드다. 한국전쟁의 상처를 안고 새로운 삶을 찾아 태평양을 건너온 이민자들이 터를 잡았던 곳이자 나이키가 탄생한 도시. 하지만 우리의 나침반은 포틀랜드를 비껴가 코밸리스를 가리켰다.

　"흰쌀밥에 김치 한 포기로 한 상 차려드릴게요!"

오리건주립대학교에서 공부 중인 대학 후배 나래와 송희의 메시지였다. 바쁜 유학 생활 중이었지만 단지 과 선배라는 이유 하나만으로 기꺼이 문을 열어주겠다고 했다. 며칠째 인스턴트 음식으로 연명하던 우리는 집밥이라는 단어를 듣자마자 기력을 회복하기 시작했다. 허벅지에 힘이 불끈 들어갔고 놀라울 만큼 빠른 속도로 코밸리스에 도착했다.

후배들 집에 도착하자마자 민망함을 씻어내기 위해 곧장 욕실로 달려갔다. 욕실 가득 차오른 수증기 속에서 바라본 내 모습은 그야말로 부활의 순간이었다. 하지만 문제가 있었다. 두 달간 숙성된 치명적인 발냄새만큼은 끝까지 우리를 놓아주지 않았다. 뜨거운 물도, 비누도, 샴푸도 이 강적 앞에서는 속수무책이었다.

"야, 이건 거의 생물학적 무기급이다." 병권이가 수건으로 발을 박박 문지르며 말했다.

"얘들아, 오해하지는 말고. 우리 지금 발만 열 번도 넘게 씻었어." 당황한 내가 덧붙였다.

"선배… 괜찮아요. 신경 쓰지 말고 편하게 쉬세요."

나래와 송희는 우리에게 동네 구경을 시켜주고 한인 학생들을 하나둘 소개해 주었다. 후배들이 수업에 간 낮에 그들과 축구를 하고 저녁이면 함께 모여 술잔을 부딪쳤다. 밀린 영화를 마음껏 몰아서 보고, 김치와 김은 바닥이 보일 때까지 먹어 치웠다. 후배들이 아르바이트하며 따온 블루베리는 순식간에 행방불명되었다. 양심에 찔린 우리는 최소 밥값은 하자며 아침마다 후배들이 학교에 간 뒤 저녁을 준비하고 설거지를 도맡았다. 그리고 사흘째가 되던 날, 드디어 작별의 말을 꺼냈다.

"얘들아, 너희 오전에 학교 가면 우린 짐 챙겨서 오후에 떠날게. 그간 너무 큰 신세를 졌다. 정말 고마워. 한국에서 꼭 한턱낼게."

하지만 저녁이 되면 어김없이 베란다에서 두 손을 힘차게 흔들어 댔다.

"얘들아~ 공부하느라 고생 많았지? 저녁 뭐 먹고 싶어?"

"아니, 선배님… 오늘 떠난다고 하지 않으셨어요?"

우리는 그렇게 8일을 눌러앉았다. 눈치 없고 철없는 선배에게 싫은 내색 하나 없이 기꺼이 안식처를 내어준 나래와 송희. 지금도 그날을 떠올리면 이렇게 말하고 싶다.

"나래야, 송희야. 미안해. 그리고 정말 고마워."

넓은 마음으로 선배를 맞이해준 나래와 송희

44

유진, 바다 건너 맺어진 인연

유진시(Eugene City)에서 바이크 폴로 경기 중인 우리

어릴 적부터 아버지가 자주 말씀하시곤 했다.

"우리 고향 진주와 자매결연 중인 미국 유진시는 서로 많이 닮았단다."

오늘은 그 유진시에 도착했다. 도시 한가운데를 가르는 강과 강을 따라 이어지는 길 그리고 그 주변으로 자연과 삶이 함께 흐르는 풍경은 낯설지 않았다. 진주처럼 온화한 기후 덕에 미국 국가대표 선수들이 중요한 대회 앞두고 마지막 담금질을 하러 찾는다고 했다.

그 여름의 아메리카

점심을 간단히 먹고 우리는 스타벅스로 향했다. 며칠 전 샌프란시스코 중앙일보에 우리의 자전거 여행 이야기를 보냈는데 여정의 경로와 여행 중 겪은 일을 조금 더 자세히 알려 달라는 답장이 와 있었다. 창가 자리에 앉아 노트북을 두드리며 글을 정리하고 있을 때였다.

"너희가 자전거 타는 걸 보고, 어디서 온 사람들인지 궁금해서."

반듯한 인상의 청년이 미소를 지으며 말을 걸었다. 우리는 LA에서 시작해 캐나다 국경을 넘어온 여정을 들려주었다. 이야기를 흥미롭게 듣던 조던은 말했다.

"오늘 특별한 약속이 없으면, 우리 집 마당에 텐트 칠래?"

집 마당에는 닭과 토끼가 뛰어다녔다. 그는 매일 아침 닭들이 낳은 달걀로 요리를 해 먹는다고 했다. 내일은 토끼 한 마리로 털장갑을 만들어서 여자 친구한테 선물할 계획이라고 했는데 농담인지 진담인지 알 수는 없었다.

저녁을 먹고 난 뒤 조던은 우리를 바이크 폴로 경기장으로 이끌었다. 하키와 비슷하지만 말 대신 자전거를 타고 스틱으로 공을 몰아 골을 넣는, 생전 처음 보는 스포츠였다. 경기 중 발이 땅에 닿으면 즉시 자기 진영으로 돌아가야 다시 경기에 참여할 수 있다는 규칙이 독특했다. 공은 쉴 새 없이 오갔고 자전거끼리 부딪치는 금속음은 생각보다 훨씬 거칠고 박진감이 넘쳤다.

조던은 이 스포츠에 진심이었다. 바이크 폴로 장비를 직접 만들어 온라인으로 팔고 있다는데 북미에서 이런 일을 하는 사람은 자기뿐이라고 했다. 해마다 오리건에서 큰 대회도 열린다며 언젠가는 이 종목을 올림픽 무대에 꼭 올리고 싶다고 했다.

"멕시코에서 2년 동안 살면서 지역 대표팀 주장도 했어. 우승도 했고."

어깨를 으쓱하는데 누가 봐도 이 이야기를 수십 번은 해본 사람의 표정이었다.

정말이지 이 나라 사람들은 스포츠에 단단히 미쳐 있다. 미식축구와 야구, 농구는 기본이고 스케이트보드와 서핑, 스노우모빌에 바이크 폴로까지. 안 하는 스포츠를 찾는 게 더 빠를 것 같았다. 특히 오리건에서는 자전거와 스케이트보드가 운동이라기보다는 거의 생활필수품에 가까웠다. 공원이든 도로든 동네 골목이든 바퀴 안 굴리는 사람을 찾는 게 오히려 더 어려울 정도니까.

바이크 폴로(Bike Polo) 경기 모습

그 여름의 아메리카

45

고래가 속삭인
멕시코 바다

조던(Jordan)과 친구들

화창한 오후, 일을 마친 조던이 시원한 강물에서 씻자며 우리를 이끌었다. 나는 시리우스의 등에 올라 그의 뒤를 쫓았다. 가는 길에 조던의 직장 동료인 두 여성도 자전거를 타고 합류했다. 그런데 강가에 도착하자마자 숙녀들이 아무렇지도 않게 옷을 벗어 던지고는 곧장 물속으로 뛰어드는 게 아닌가. 아, 여기가 진짜 미국이구나.

저녁에는 라스베이거스에서 얻은 자신감으로 '제2차 해외 김장 프로젝트'에 돌입했다. 한인 마트에서 식재료를 사 와 김치를 담그고 너구리 라면을 보글보글 끓였다.

"Wow, this Kimchi has such a unique sweet. 이야, 김치 맛이 완전 새콤달콤하네. 라면도 우리가 먹던 맛이랑 다르구나."

잠시 후 조던은 흥이 오른 얼굴로 노트북을 꺼냈다.

"이건 내가 예전에 멕시코에 살 때 찍은 사진들이야."

사진과 영상이 하나둘 넘어갔다. 햇살에 반짝이던 멕시코의 바다, 골목마다 흘러나오던 기타 소리, 윤기가 흐르는 타코까지. 화면을 보고 있는데 냄새와 소리까지 따라오는 것 같았다. 나는 어느새 그 안으로 빨려 들어가고 있었다. 바로 그때, 화면 속에서 거대한 생명체가 수면을 가르며 하늘로 솟구쳤다.

"알렉스, 살면서 고래랑 눈을 마주치고 등에 입 맞출 기회가 몇 번이나 있겠어?"

넓은 등 위로 물기둥이 터져 나오고 그 위에 입을 맞추는 조던의 모습이 선명하게 잡혔다.

"겨울이면 알래스카 고래들이 멕시코만으로 내려와. 바닷속에서 고래와 함께 스쿠버 다이빙을 하는 건 그 무엇보다 황홀한 경험이야!"

그는 멈출 줄을 몰랐다. 그곳에서 살아보지 않고서는 알 수 없는 이야기들까지 쏟아냈다.

"너도 가서 배워봐. 언어도 삶도 완전히 다른 세계를…."

그 순간 겨울방학에 계획해 두었던 터키와 그리스 여행이 서서히 색을 잃기 시작했다. 고래와 입을 맞추는 내 모습을 상상하자 심장이 빨라졌다. 마음속에만 묻어 두었던 스페인어와 라틴 문화도 서서히 고개를 들기 시작했다. 그날 밤 내 여행 지도는 조용히 키를 틀고 있었다.

46 모닥불 앞에서 꺼낸 청춘의 꿈

조던 집 앞마당 모닥불 앞에서

오늘 저녁은 조던의 친구 타일러와 함께였다. 타일러는 지금은 식육점에서 일하지만 예전에는 기타 하나로 미국 서부를 떠돌며 버스킹을 했던 진정한 낭만주의자였다. 닭다리를 뜯던 중 조던이 한국 문화에 대해 궁금한 듯 이것저것 물었다.

"알렉스, 한국 문화와 미국 문화의 다른 점을 하나 말해줘."

나는 잠시 고민하다가 말했다.

"미국에서는 아무리 친해도 친구 접시에서 음식을 집어 먹진 않잖아. 한국에서는 한 그릇에 담긴 국을 함께 떠먹기도 하고 심지어 화장실에서 나란히 서서 볼일을 보며 대화를 나누기도 해."

그 말을 유심히 듣던 조던은 "Oh really? 정말?"이라고 말하더니 숟가락을 뻗어 내 그릇에 있는 라면 국물을 떠먹었다. 식탁 위로 유쾌한 웃음소리가 번졌다.

그날 밤 불향 가득한 바비큐와 매콤한 라면에 김치 그리고 시원한 맥주가 포만감과 행복감을 한껏 채워주었다. 하지만 그보다 값진 건 대화였는데 비슷한 나이 또래인 우리는 어느새 인생과 꿈에 대해 진지하게 이야기를 나누기 시작했다. 조던이 맥주를 한 모금 마신 뒤 먼저 입을 열었다.

"내 꿈은 바이크 폴로 회사를 전 세계적으로 키우고 언젠가 이걸 올림픽 종목으로 만드는 거야. 사람들이 자전거로 하나 되는 세상, 그게 내가 그리는 미래야."

그는 기자 일을 그만두고 지금은 바이크 폴로 장비를 제작하며 이 스포츠를 세상에 알리고 있었다. 그의 철학은 간단했다. 한 번 사는 인생, 낭만을 놓치지 말자는 것이었다.

"나는 전공을 살려 언젠가 무기를 만드는 회사에 들어갈 거야." 병권이가 담담히 말했다. 낭만적인 밤에 전장의 무기를 말하는 그의 모습은 다소 이질적이었지만 청춘이란 원래 현실과 이상을 동시에 끌어안고 나아가는 것 아니던가.

"난 언젠가 음반을 내고 내 음악으로 사람들에게 큰 감동을 주고 싶어." 타일러가 말했다. 그의 눈빛에는 여전히 여행길에서 사람들 앞에 서던 시절의 열정이 남아 있었다.

마지막으로 시선이 내게로 향했다. 나는 장작을 모닥불에 얹으며 말했다.

"나는 아직 확실하지 않지만… 언젠가 학생들 앞에 서는 좋은 선생님이 되고 싶어."

"넌 분명 그렇게 될 거야. 지금 너의 모험담만으로도 학생들에게 큰 영감이 될 테니까." 조던과 타일러가 동시에 말했다.

나는 문득 이슬람의 다섯 가지 의무 가운데 하나인 성지 순례 '하즈(Hajj)'가 떠올랐다. 일생에 한 번은 반드시 떠나야 하는 그 순례에는 깊은 의미가 있다. 많은 사람들이 같은 옷을 입고 어깨를 맞대며 한 방향으로 걷는 동안, 인간은 교만을 내려놓고 모두가 신 앞에서 평등하다는 진리를 체험한다. 고된 여정은 인내와 겸손을 가르치고 스스로를 돌아보게 만든다.

낯선 땅에서 서로의 이야기를 나누는 이 밤 역시 우리만의 작은 순례 같았다. 밤바람은 차가워졌지만 모닥불의 따스함과 우리의 대화는 좀처럼 식지 않았다. 우리는 청춘이라는 가장 빛나는 조각들을 하나씩 꺼내 서로에게 건네주며 밤을 더욱 깊고 찬란하게 물들였다.

조던과 작별하는 날

그 여름의 아메리카

47 버려진 보트, 오늘 밤의 은신처

버려진 보트에서 잠든 나

아침 햇살이 밝아오자 우리는 더는 유진시에서 할 일이 남지 않았다는 것을 직감했다.

"자전거로 하나 되는 세상을 꿈꾸는 나에게 지구 반대편에서 온 너희와의 만남은 정말 특별했어." 조던은 눈시울을 붉히며 말했다. 그는 자신이 직접 만든 바이크 폴로 공을 우리 손에 꼭 쥐여주었다.

"조던, 너의 낭만을 계속 이어가길 바랄게. 너의 자유로운 삶에서 참 많은 걸 배웠어."

뜨거운 포옹을 뒤로하고 시리우스는 다시 남쪽 캘리포니아를 향해 달리기 시작했다. 다음 행선지는 요세미티 국립공원이었다. 그런데 내리막길을 신나게 내달리던 중 텐트가 사라진 것을 발견했다. 병권이와 헤어질 때를 대비해 한국 교수님의 격려금으로 장만했던 내 유일한 보금자리였다. 허탈함과 자괴감이 밀물처럼 밀려왔다.

오후 4시쯤, 길가에 서 있는 하얀 교회 건물이 보였다. 목을 축일 요량으로 들어선 그곳에서 신부님은 환한 미소로 우리를 맞아주셨다.

"더운 날씨에 고생이 많으시네요. 빈방이 있으니 잠깐 쉬었다 가세요."

달콤한 낮잠을 자고 일어난 우리에게 신부님은 근처 레스토랑에서 근사한 저녁 식사까지 대접해 주셨다. 텐트를 잃어버린 허탈감이 따뜻한 환대 속에 조금씩 씻겨 나가는 듯했다. 다시 길 위에 올랐을 때는 이미 어둠이 깊게 깔려 있었다. 민가의 초인종을 누르기엔 너무 늦은 시각, 풀숲을 헤매던 우리 눈에 도로 옆에 버려진 낡은 보트 한 척이 들어왔다.

"우와, 이거 오늘 밤 우리 집으로 쓰기 딱이네."

"보트 키가 제법 높은데! 지나가는 경찰이나 노숙자 눈을 피할 수 있겠다."

벌레들과 거미줄을 쓸어내고 얽힌 전선을 치운 뒤 침낭을 깔고 자전거를 보트 안에 비스듬히 눕혔다. 혹시 모를 노숙자와 야생동물의 방문에 대비해 머리맡에 칼을 놓았다.

하수구, 길가, 폐허가 된 캠핑장, 낡은 마구간, 모래바람이 휘몰아치던 사막, 이제는 버려진 보트까지. 우리는 그렇게 야생 속에서 살아가는 법을 하나씩 배워가고 있었다. 세상이 곧 우리의 지붕이었고 별빛은 포근한 이불이 되어 우리를 덮어주었다.

그 여름의 아메리카

버려진 보트

옥수수의 배신,
요세미티에서

요세미티 국립공원(Yosemite National Park)

"야, 이거 옥수수 길이가 사람 팔뚝만 하다!"

"이야, 미국은 옥수수도 크기가 남다르네!"

아침 햇살 속 수평선 끝까지 펼쳐진 옥수수밭은 마치 거대한 성벽처럼 늘어서 있었다. 길가에 서서 지나가는 차가 없는지 망을 본 후 서로 눈빛으로 신호를 주고받고 재빨리 옥수수밭 속으로 몸을 던졌다. 우리는 마음은 아직 순박한 소년이기에 이건 도둑질이 아니라 서리라고 불러야 마땅하다.

오후가 되어 마침내 요세미티에 도착했다. 입구 안내소 스크린에서는 링

컨 대통령이 등장해 요세미티의 역사와 자연을 지켜온 이야기를 들려주고 있었다. 안쪽으로 들어서자 신전처럼 웅장하게 서 있는 엘 캐피탄의 화강암 절벽이 모습을 드러냈다. 요세미티 폭포는 하늘에서 물을 쏟아붓듯 무섭게 떨어졌고, 물안개가 공중에 번져 흘렀다. 세쿼이아 숲을 걷자 수백 년을 버텨온 나무들이 낮게 숨 쉬는 소리가 들리는 듯했다.

자전거에 꽂힌 태극기를 본 한국인 아주머니 몇 분이 우리를 불러 세웠다. 낯선 땅에서 만난 동포들은 쌀과 김치, 장아찌, 옥수수까지 직접 담근 음식을 한아름 건네주었다. 달이 기울고 캠핑장 자리를 찾아 어슬렁어슬렁 돌아다니던 중 철인 3종 선수인 오십 대 필리핀계 여성 두 분을 만났다. 그들은 흔쾌히 자리를 내어주며 모닥불 옆으로 우리를 불렀다. 수영과 달리기 자전거를 몇 시간씩 이어 간다는 그들의 이야기에 탄성이 저절로 흘러나왔다.

"도전이 곧 삶의 목적이며 참된 행복이에요."

그 순간 나도 학교에 돌아가면 철인 3종 훈련을 시작해보리라 다짐했다. 그리고 몇 개월 뒤 나는 그 결심을 정말로 실행에 옮겼다. 물에 대한 깊은 두려움이 있었지만 브라질 친구 빅터의 도움으로 매일 2,000미터를 헤엄치며 두려움을 조금씩 넘어섰다.

저녁 시간이 되자 아주머니들은 노릇하게 구운 베이컨을 건네주셨다. 기분 좋게 배를 채운 우리가 자신만만하게 외쳤다.

"후식은 저희가 준비할게요! 낮에 정말 기가 막힌 옥수수를 구했거든요."

들뜬 마음으로 옥수수를 불판 위에 올렸다. 지글지글 소리와 함께 고소한 향이 퍼지자 모두의 얼굴에 행복한 기대감이 번졌다.

"와, 알도 굵고 정말 맛있어 보이네요."

그러나 한 아주머니가 한 알을 베어 무는 순간 표정이 순식간에 일그러졌다.

"이게… 뭐죠? 맛이 왜 이래요?"

공기가 싸늘해졌다. 우리도 황급히 한 알씩 입에 넣었다. 단맛은커녕 떫고 딱딱하며 거친 맛이 혀를 때렸다.

"이거 사람 먹는 옥수수 아니에요. 가축 사료용이에요. 소나 돼지 먹이는 거!"

"정말 죄송해요! 자전거 타다 발견하고 저녁거리라며 신나서 따온 건데… 정말 죄송합니다!"

어쩐지 알이 유난히 크고 단단해 보이더라니…. 요세미티의 별빛 아래 평생 잊지 못할 추억 하나를 남겼다.

요세미티

뭣도 모르고 가축용 옥수수를 굽는 모습

49 우리는 이제
서부를 제법 안다

요세미티에서 수영하는 우리

요세미티의 웅장한 절벽과 폭포는 마치 고대 중국의 명산을 그린 산수화를 그대로 펼쳐 놓은 듯했다. 바위는 한 번에 슥 그어 내려간 붓질 같았고, 나무는 톡톡 붓끝이 두드린 흔적 같았으며, 물은 먹물이 번지듯 계곡 아래로 흘러내렸다. 계곡에 앉아 신발을 벗고 발을 담그니 마치 신선놀음을 하는 착각에 빠진 듯했다. 아, 이곳이야말로 인간 세상의 고단함을 잠시 잊게 해주는 무릉도원이로구나.

바로 그때였다.

그 여름의 아메리카

"첨벙!"

미끄러운 바위 사이를 깡충깡충 뛰어다니던 나는 그만 이끼를 밟고 무게 중심을 잃고 말았다. 계곡에 벌러덩 자빠진 나는 물속에서 허우적거리며 반사적으로 외쳤다.

"악, 어떡해! 내 가방…!"

물이 꼬르륵 꼬르륵 입안으로 밀려들었고 정신이 아득해졌지만 나는 카메라와 휴대폰을 살리기 위해 필사적으로 가방을 머리 위로 치켜들고 개헤엄을 쳤다. 물 밖으로 나와 물기를 털고 햇빛에 한참을 말려보았지만 카메라는 이미 숨을 거둔 뒤였다. 지난 석 달 동안 서부에서 쌓아온 추억들이 물속으로 함께 가라앉았다. 아, 이게 무슨 운명의 장난이란 말인가. 계곡의 차가운 돌 위에 누워 한참을 하늘만 바라보았다. 허탈함이 밀려와 눈물이 날 것 같았다. "이미 벌어진 일은 되돌릴 수 없잖아. 다시 일어나 앞으로 나아가는 수밖에."라고 중얼중얼 주문을 외우며 슬픔을 떨쳐내려 애쓰는 내 모습이 가엽기 짝이 없었다.

이제 남은 일은 샌프란시스코로 향하는 것이다. 그곳을 끝으로 병권이는 캐나다를 거쳐 한국으로, 나는 LA를 지나 머레이주립대로 돌아간다. 문득 처음 길을 나섰던 순간이 떠올랐다. 공항에서 병권이를 처음 만났던 날. 여행한 지 사흘도 채 되지 않아 과연 이걸 끝까지 할 수 있을까 하는 의심과 두려움이 파도처럼 밀려오던 밤들. 어느새 석 달이 흘렀고 여정은 마지막 장을 향해 가고 있다. 아쉬움이 밀려왔지만, 한 가지는 확실했다.

우리는 이제 서부를 제법 안다!

카메라를 빠뜨린 계곡

요세미티 밤하늘의 별빛

그 여름의 아메리카

50 미군 장교 어머니의 전술

미군 장교 어머니와 나

샌프란시스코 중앙일보 기자로부터 메일 한 통이 도착했다. 한국 대학생 두 명이 미국 대륙을 자전거로 종단 중이라는 소식이 신문 1면에 실렸다는 소식이었다. 설마 하는 마음으로 인터넷 창을 열어보니 정말로 우리의 사진과 이야기가 대문짝만하게 떠 있었다. 그저 길 위의 두 청춘일 뿐이던 우리가 신문 기사 속 주인공이 되어 있다니. 기자는 샌프란시스코에 도착하면 인터뷰를 하고 싶다고 했다.

오후 4시쯤, 맥도날드에서 햄버거를 먹던 중 옆자리에 앉은 미국인 할아버지께 휴대전화를 빌렸다. 전화를 마치고 기기를 돌려드리자 그는 병권이가 펼쳐 둔 여행 지도를 유심히 바라보았다. 지도 위에는 우리가 지나온 경로가 하나하나 붉은 펜으로 표시되어 있었다.

"자네들, 무슨 보물이라도 찾으러 다니는 건가?"

우리의 여정을 들은 할아버지는 감탄하며 고개를 끄덕이더니 갑자기 아들 먼티에게 전화를 걸었다.

"아들아, 믿기 힘들겠지만 한국인 대학생 둘이 자전거로 미국을 일주하고 있대!"

전화를 마친 할아버지는 미소를 지으며 덧붙였다.

"내 아들 먼티가 오늘 밤 너희를 집에 초대하고 싶다고 하네."

먼티는 덩치 큰 체구와 달리 놀라울 만큼 따뜻하고 자상한 친구였다. 집 안에는 핏불 세 마리가 뛰놀고 있었는데 어릴 적 개에게 물린 기억 때문에 늘 개를 두려워하던 나조차도 녀석들의 애교 섞인 행동에 금세 마음을 놓았다. 나는 생애 처음으로 개를 껴안은 채 소파에 기대 잠들었다.

다음 날 아침, 우리의 이야기를 들은 먼디의 어머니가 옆집에서 찾아왔다. 미군 간호 장교 출신이라는 그녀는 말수가 적었지만 온기가 묻어났다. 정성스러운 아침 식사를 마치자마자 그녀는 우리의 자전거를 마치 검열하듯 찬찬히 점검하기 시작했다. 이윽고 그녀가 단호하게 고개를 저었다.

"1.5리터 물통으로는 어림도 없어."

그녀는 방으로 들어가더니 3리터짜리 배낭형 물통을 들고나왔다. 구급약과 에너지바, 자외선 차단제 등 생존 필수품을 마치 군사 작전을 준비하듯 신속하고 꼼꼼하게 챙겨주었다. 마지막으로 그녀는 서랍 속 깊은 곳에서 작은 군용 동전 메달 하나를 꺼내 내밀었다.

그 여름의 아메리카

"이건 내가 아끼던 건데, 너희 여정에 도움이 되길 바라."

동전의 뒷면에는 그녀가 평생 지켜온 용기와 자부심이 담긴 군부대 문양이 새겨져 있었다.

핏불 난도(Nando)

51 미국의 부모님을 만나다

필 아저씨와 함께

샌프란시스코를 향해 부지런히 페달을 밟던 우리는 해가 뉘엿뉘엿 저물 무렵 어느 작은 마을에 닿았다. 문 앞에 서서 초인종을 누르자 선한 인상의 부부가 얼굴을 내밀었다.

"저희는 미국 대륙을 자전거로 일주하고 있습니다. 혹시 오늘 밤 앞마당에 텐트를 쳐도 괜찮을까요?"

부부는 잠시 눈빛을 주고받았다. 눈치를 보아하니 사정이 딱해 보이는 청년들에게 방을 내어주고 싶어 했지만, 새벽 3시에 아저씨가 출근하고 난

그 여름의 아메리카

뒤 아주머니 혼자 낯선 사내 둘과 집에 남게 되는 상황이 마음에 걸리는 듯했다.

"참, 저희는 잔디를 무척 좋아합니다. 침대에서 자면 이상하게 담이 오더라고요." 부부의 망설임을 읽은 내가 말했다.

그 말을 들은 필 아저씨는 귀엽다는 듯, 부드러운 미소를 지었다.

"Would you be interested in joining us for dinner? 혹시 저녁 식사를 함께하겠나?"

굶주려 있던 우리는 감격해 고개를 끄덕였다. 식탁 위에는 따뜻한 수프와 구수한 빵, 신선한 샐러드가 차려졌다. 그날 저녁 필 아저씨는 자신의 하루를 들려주었다.

제빵사인 그는 매일 새벽 3시에 일어나 약 한 시간 반 떨어진 제빵회사로 출근한다고 했다. 새벽 5시부터 오후 3시까지 일하고, 집에 돌아오면 간단히 저녁을 먹은 뒤 저녁 7시면 잠자리에 든다고 했다. 다음 날 새벽에 또다시 같은 하루를 시작하기 위해서였다. 이야기를 듣던 내가 숨이 막혀 물었다.

"매일 그렇게 일하시면 힘들지 않으세요?"

그는 잠시 생각하더니 담담하게 말했다.

"가장으로서 당연히 해야 할 일이야. 가족을 책임져야 하잖아."

그는 멕시코인인 부모님이 더 험하고 고된 일을 하면서도 적은 보수로 가족을 키워내셨다고 말했다.

"그 시절을 잊지 않고 지금에 감사하며 살면 삶이 생각만큼 힘들지 않단다."

그의 말에는 세월의 무게를 견뎌온 사람에게서만 느껴지는 단단함이 배어 있었다. 새벽마다 가족을 위해 빵을 굽는 그의 뒷모습을 떠올리자 절로 고개가 숙여졌다. 식탁 위에 놓은 달콤한 빵 한 조각은 가족을 위해 묵묵히 자신을 내어놓는 소박하지만 위대한 진리를 담고 있었다.

"너희들을 보니 젊은 시절의 내가 떠오른다. 가진 건 없었지만 더 나은 내일을 향해 달려가던 그때 말이야."

부부는 세상을 향한 우리의 열정과 여정을 진심으로 응원해 주었다. 특히 보니 아주머니는 K-드라마에 깊이 빠져 있었는데 등장인물의 대사를 따라 하다 감정이 벅차오르면 나에게 해석을 부탁하곤 했다. 그리고 내 집 안의 대소사를 챙겨주시며 아들을 걱정하는 어머니처럼 늘 안부를 물었다.

어느 순간부터 두 분은 내 부모님의 모습과 겹쳐 보이기 시작했다. 아저씨의 묵묵한 책임감은 내가 언젠가 닮고 싶은 아버지의 모습이었고, 아주머니의 따뜻한 마음은 자연스레 어머니를 떠올리게 했다. 그래서였을까. 어느새 우리는 서로를 "American parents"와 "Korean son"이라 부르고 있었다.

2025년 4월, 두 분은 아들을 만나기 위해 태평양을 긴너오셨다. 서울의 야경과 부산 해운대의 바다, 전주의 한옥마을, 그리고 진주 촉석루를 함께 여행하며 한국의 얼굴을 보여드렸다. 부모님은 내가 어린 시절을 보냈던 학교들도 꼭 보고 싶다고 했다. 운동장의 흙냄새와 복도에 스민 햇빛 사이를 함께 걸으며 내가 지나온 세월까지도 조용히 마음속에 담아가셨다. 일장춘몽처럼 달콤하고 행복한 시간이었다.

그 여름의 아메리카

나의 미국 부모님과 전주 한옥마을에서 남긴 가족사진

미국 어머니와 나

부산 해운대 관광 요트 위에서

그 아픔의 아메리카

52

꽃을 머리에 꽂고
샌프란시스코로 가요

금문교(Golden Gate Bridge)에서

"If you're going to San Francisco, be sure to wear some flowers in your hair…. 샌프란시스코에 가게 되면요, 머리에 꽃을 꽂는 걸 잊지 마세요. 그곳에선 분명 따뜻한 사람들을 만날 거예요…."

스콧 맥켄지의 〈San Francisco〉를 반복 재생하며 유유히 페달을 밟으니 마치 자유와 평화의 물결이 넘실대던 히피들의 샌프란시스코로 시간여행을 떠난 듯했다. 1848년 골드러시의 열기 속에 태어난 샌프란시스코는 처음부터 떠돌이와 이방인의 도시였다. 금을 찾아 몰려든 사람들과 바다를 건너온 이민자들이 각자의 사연을 안고 이 가파른 언덕 위에 발을 디뎠다.

1960년대에는 경쟁과 물질주의가 싫다며 사랑과 평화를 외치는 청춘들이 거리로 쏟아져 나왔다. 해이트-애시버리에서는 함께 살고, 나누고, 노래하고, 춤추는 실험이 일상이었다. 돈은 없어도 철학은 넘쳤고 계획은 없어도 자신감은 가득했다. 자유는 때로 방향을 잃어 무질서가 흐르기도 했다. 그러나 그 혼란 속에서 베트남전 반대의 목소리가 터져 나왔고 인간의 존엄을 향한 외침이 도시 전역으로 번져갔다. 오늘날의 샌프란시스코는 실리콘밸리의 불빛과 맞닿아 또 다른 미래를 꿈꾸며 여전히 새로운 가능성으로 숨 쉬고 있다.

뿌연 안개 너머로 드디어 샌프란시스코가 모습을 드러냈다. 시원한 바다의 짠내가 바람에 실려 왔고 언덕 위로 촘촘히 늘어선 주택들이 하나둘 눈에 들어왔다. 그리고 그 너머로 마침내 금문교가 모습을 드러냈다. 지는 해를 받아 오렌지빛으로 찬란하게 반짝이는 다리 앞에서 우리는 서로를 바라보며 미소 지었다.

"드디어 마지막 행선지, 샌프란시스코에 도착했어."

다리 위에는 중앙일보 기자가 우리를 기다리고 있었다.

"두 분의 여정은 이미 미국에서도 화제입니다. 미 대륙을 종단한 소감이 어떠세요?"

우리는 잠시 서로를 바라보다 웃었다. 말로 다 옮길 수 없는 길이었기 때문이다. 우리는 길 위에서 겪은 무수한 추억과 우리를 스쳐 간 따뜻한 사람들에 관한 이야기를 하나둘 꺼내 놓았다. 기자는 천천히 고개를 끄덕이며 우리의 말을 받아 적고는 말했다.

"여러분의 이야기가 많은 이들에게 용기가 되길 바랍니다."

기자가 떠난 뒤 우리는 다리 위에서 소원을 빌면 이루어진다는 전설을 떠올리며 두 손을 모았다. '이 여정이 끝이 아니라, 또 다른 시작이 되게 해 주세요.'

다리 아래로는 샌프란시스코의 일상이 한 폭의 그림처럼 펼쳐졌다. 잔디밭에서 소풍을 즐기는 가족들, 유모차를 밀며 산책하는 엄마들, 음악에 맞춰 달리는 조깅하는 사람들, 잔디에 누워 책을 읽는 이들까지. 잔디 위에 몸을 눕히자 잔잔한 파도 소리가 귓가를 스쳤다.

"If you're going to San Francisco~ 샌프란시스코에 가게 되면요~"

고난과 낭만이 뒤섞인 석 달간의 여정은 한여름 밤의 꿈처럼 스쳐 갔지만 나는 알았다. 언젠가 다시 이곳에 오게 되리라는 것을. 그때도 오늘처럼 머리에 꽃을 꽂고 바람을 얹은 채 이 노래를 흥얼거리며 웃고 있으리라.

샌프란시스코의 밤

고속도로를 달리는 우리를 막아선 경찰과 함께

그 여름의 아메리카

53

총구에 겨냥된
라면 냄비

새벽에 우리를 깨운 경찰들

세계에서 가장 구불구불한 거리로 유명한 롬바드 거리에 들렀다. 언덕을 따라 이어진 도로는 마치 뱀이 기어가듯 아홉 번이나 굽이쳤고 양옆에는 형형색색의 꽃이 만발해 있었다. 붉은 장미와 보랏빛 라벤더 향이 바람을 타고 코끝을 간질었다.

우리는 금문교 너머에 둥둥 떠 있는 알카트라즈섬으로 향했다. 바닷바람이 차갑게 얼굴을 스쳤고 회색빛 섬은 가까이 다가갈수록 단단하고 창백해 보였다. 한때 미국에서 가장 탈출하기 힘든 감옥으로 불렸던 알카트라즈

연방 교도소. 영화 〈알카트라즈 탈출〉의 배경이기도 한 이곳은 얼음장 같은 바닷물과 거센 소용돌이에 갇혀 있었다. 굶주린 상어 떼의 이야기는 이 섬의 공포를 완성하는 마지막 장식이었다. 영화의 장면처럼 누군가는 어둠 속 바다로 몸을 던졌을 것이다. 침대 위에 인형 머리를 올려두고 숟가락으로 벽을 파내며 밤마다 탈출을 꿈꿨던 이들. 그들이 파도를 건넜는지 물결 속으로 사라졌는지는 여전히 안개 속에 가려져 있다.

해가 기울자 우리는 언제나처럼 근처 주택가로 향했다. 지난 석 달 동안 수없이 반복해 온 의식, 초인종을 누르고 간절한 눈빛으로 우리의 사정을 설명하는 일을 시작했다.

"저희는 LA에서 출발해 국경을 넘어 석 달간 자전거로 미국을 일주 중입니다. 혹시 하루만 마당에 텐트를 치게 허락해 주실 수 있을까요?"

오늘은 이상하리만큼 문이 쉽게 열리지 않았다. 스무 채 가까운 집에서 쌀쌀맞게 박대당한 후 또 한 번 초인종을 누르려는 순간이었다.

"삐용, 삐용."

경광등 불빛이 번쩍이며 경찰차 한 대가 우리 앞에 멈쳐 섰다.

"여기서 이러시면 안 됩니다."

"경찰관님, 저희는 범죄자가 아닙니다, Sir. 공공장소에 텐트를 치려는 게 아니에요. 차고나 마당 같은 사유지라면 괜찮지 않나요? 지난 석 달 동안 늘 이렇게 지내왔습니다."

"하지만 낯선 사람이 계속 초인종을 누른다는 주민 신고가 있었습니다."

머릿속이 하얘졌다. 거절은 익숙했지만 주민 신고는 처음이었다. 도시 근처에 악명 높은 교도소가 있어서 사람들의 경계심이 이토록 높은 걸까. 바닷바람이 유난히 차가웠다. 우리는 결국 깜깜한 언덕 위 놀이터로 숨어 들어가 텐트를 쳤다.

그리고 새벽 5시, 갑자기 텐트가 거칠게 흔들렸다.

"여기서 노숙하시면 안 됩니다! 개 목줄 잡고 나오세요!"

"개요? 저희는 개가 없는데요?" 나는 잠결에 눈을 비비며 대답했다.

"Don't lie! I see a dog bowl, man! 거짓말하지 마! 여기 개밥그릇이 보이잖아!"

경찰이 손전등으로 비춘 것은 다름 아닌 어젯밤 우리가 라면을 끓여 먹은 양은 냄비였다. 그의 손이 천천히 권총 쪽으로 움직이자 우리는 반사적으로 양손을 머리 위로 번쩍 들었다.

"Sir! It's our ramen pot! 경찰관님! 그건 개밥그릇이 아니라 라면 냄비입니다!"

짧은 정적이 흘렀다. 손전등 빛이 우리 얼굴과 냄비 사이를 오가더니, 이내 그의 표정이 누그러졌다.

"좋아요. 원칙상 노숙이 금지지만 몇 시간만 더 봐줄게요. 새벽 6시 전에는 꼭 떠나세요."

작은 라면 냄비가 우리를 총구 앞에 세우게 될 줄이야….

세계에서 가장 구불구불한 거리 롬바드 거리(Lombard Street)

그 여름의 아메리카

54 90일의 여정,
함께했던 모든 순간

병권이와 작별의 순간

"요즘 들어 잠을 설치고 있어, 우리가 할 수 있는 일들을 상상하느라. 그대여, 요즘 들어 간절히 기도하고 있어. 돈을 세는 대신 별을 세겠다고…."

아침이 밝았다. 드디어 석 달간 이어진 우리의 모험이 막을 내렸다. 음악으로 병권이와의 이별의 슬픔을 흘려보내려 했지만 쉽지 않았다.

90일. 길다면 길고, 짧다면 짧은 시간 동안 우리는 모든 것을 함께했다. 같은 텐트에서 잠들고 사막의 열기와 비바람을 견디며 굶주린 채 문을 두드리기도 했다. 때로는 사소한 일로 다투었고 때로는 말없이 서로를 이해해야 했으며 어떤 날은 살아남는 것만으로도 감사했다. 이제 그 고락을 함께한 친구와 작별해야 할 시간이다. 병권이는 비행기를 타고 캐나다로, 나는 철로를 타고 켄터키로 돌아간다.

여행을 떠나기 전 누군가 내게 말했다. "이렇게 긴 모험을 두 사람이 함께하다 보면, 끝날 때 철천지원수가 되거나 평생의 친구가 될 거야."

나는 병권이를 바라보며 씩 웃었다. 돈이 아니라 별을 세며 달려온 석 달 동안 우리는 청춘의 한 페이지를 함께 장식했다. 마지막 순간, 우리는 서로를 뜨겁게 껴안았다. 지나가던 행인에게 마지막 사진 한 장을 부탁했다.

"야, 캐나다까지 조심히 가고, 안전하게 귀국해라."

"니도 길 잃지 말고, 조심히 학교로 돌아가라."

경상도 사나이들은 무심한 한마디 말에 수많은 감정을 담았다. 눈시울이 뜨거워지더니 이내 시야가 뿌옇게 흐려졌다. 한참 뒤 뒤돌아봤을 때 녀석은 이미 사라지고 없었다. 스무 살 무렵 가까운 외국 친구들을 고국으로 떠나보냈던 나는 이별의 아픔을 어떻게 다뤄야 할지 알고 있었다.

'남겨진 자가 아니라 떠나는 자가 되어야 한다. 시간이 멈추면 슬픔이 밀려온다. 분주하게 움직여야 한다!'

나는 곧장 어제 슈퍼마켓에서 만난 여행자 제프에게 달려갔다. 그는 작은 돛단배로 미국과 캐나다, 멕시코 연안을 따라 여섯 달을 항해하다 막 샌프란시스코에 도착했다고 했다. 그리고 어제 샌프란시스코만을 함께 둘러보자고 제안했었다.

제프의 배는 바다 위의 작은 집이었다. 아담한 침대와 조리도구, 빼곡한 책장까지 갖춰진 그곳에서 그는 새벽마다 직접 잡은 생선으로 끼니를 해결한다고 했다.

"먹어 봐. 오늘 새벽에 건져 올린 참치야."

시원한 뱃살이 혀끝에서 사르르 녹아내렸다.

"제프, 혼자 바다 위에서 여섯 달을 지내는 게 가능해? 외롭지는 않아?"

"알렉스, 고독은 익숙해지면 친구 같아. 그리울 땐 바다랑 대화하거나 항구에 들러 사람들을 만나면 돼."

"암초나 폭풍은 무섭지 않아?"

"생각해 봐. 넌 자전거로 미국을 일주했잖아. 차에 치일 수도 있었고 사막에서 쓰러질 수도 있었지. 어쩌면 내가 더 안전하지 않을까? 중요한 건 모든 모험엔 반드시 위험이 따른다는 거야. 그래서 더 재미있고 가치 있는 거고."

그의 말에 절로 고개가 끄덕여졌다. 모험이란 결국 위험을 피하는 것이 아니라 그것을 마주하며 자신을 단련하는 과정이니까. 그리고 그 과정을 지나야만 진정으로 성장이라는 이름을 얻을 수 있는지도 모른다.

샌프란시스코만의 부드러운 바람이 얼굴을 스쳤다. 나는 고개를 들어 하늘을 바라보았다. 병권이와의 이별은 여전히 가슴 한구석을 아리게 했지만 제프의 말처럼 모험은 끝나지 않았다. 이별은 끝이 아니라 또 다른 여정의 시작이니까.

돛단배에 몸을 싣고 홀로 태평양 연안을 떠도는 바다 방랑객 제프(Jeff)

샌프란시스코만의 시원한 바닷바람을 맞으며

샌프란시스코만(San Francisco Bay)

55 무대의 여왕 비욘세

비욘세 티셔츠와 함께 공연 관람 쥬비를 끝낸 나

병권이의 빈자리를 잊기 위해 분주하게 움직이기 시작했다. 특히 오늘은 90일간의 대장정을 완주한 나 자신에게 작은 선물을 주기로 했다.

어둡던 공연장이 환하게 밝아지며 비욘세와 제이지가 무대에 오르자 함성이 폭발하듯 솟구쳤다. 공연의 절정에는 〈Forever Young(영원한 젊음)〉의 선율이 울려 퍼졌다. 이 노래는 1984년 독일 밴드 알파빌의 원곡으로 젊음의 찰나를 영원히 간직하고 싶은 인간의 마음, 자유와 열정에 대한 소망이 담겨 있다. 나는 가만히 눈을 감았다. 노랫말처럼 내 육체의 젊음은

그 여름의 아메리카

언젠가 사라지겠지만 삶을 향한 열정과 도전의 불씨는 꺼지지 않으리라.

"Stay forever young, Alex. 영원한 젊음을 위하여."

비온세 콘서트장에서

56 아버지의 한마디, 명예의 진실

나의 북미 대륙 자전거 종단 소식은 언론을 통해 순식간에 알려졌다. 샌프란시스코 중앙일보를 시작으로 워싱턴의 '미국의 소리(VOA)'에서 내 이야기가 전해졌다. 이후 연합뉴스를 비롯해 오마이뉴스, 경향신문, 동아일보 등 국내 주요 언론으로 보도가 확산됐다. 기자들은 "오늘 당장 가능하냐"며 재촉했고 나는 밤새 원고를 정리해 보냈다. 새벽에는 한국 언론과, 낮에는 미국 언론과 인터뷰를 이어갔다. 그렇게 실린 기사들은 포털과 온라인 커뮤니티를 통해 빠르게 공유되었고 이내 고향 진주의 라디오 프로그램 〈경남아 사랑해〉에서도 내 이야기를 다뤘다.

온 세상이 나를 주목하는 듯했다. 마치 구름 위를 걷는 기분이었다. 하지

만 세간의 이목은 채 일주일도 가기 전에 연기처럼 사라졌다. 연예인들이 말하던 뜨거운 관심 뒤에 찾아오는 공허함이란 이런 것이었구나. 나는 아버지에게 전화를 걸었다.

"그래, 아들아. 유명세란 한순간에 찾아왔다가 또 한순간에 사라지는 덧없는 거란다."

여행 첫날 병권이와 함께 걸었던 산타모니카와 베니스를 다시 찾았다. 온종일 모래사장에 누워 파도 소리를 들으며 낮잠을 잤다. 그렇게 다시 처음 여행을 떠났던 그날의 나로 돌아갔다. 모든 것이 새롭고 설레었던 그때의 나로.

57 나도 언젠가 누군가의 수호천사가 되리라

수하물 요금을 감당할 돈이 없어 쩔쩔매는 순간에 나타나 도움을 주신 수호천사 할아버지

학교가 있는 켄터키주에 가기 위해 나는 암트랙 기차에 몸을 실었다. 하지만 뜻밖의 문제가 발생했다. 기차에는 자전거 한 대와 짐가방 한 개만 실을 수 있다는 규정이 있었던 것이다. 그래서 짐가방이 네 개인 나는 추가 요금을 내야 한다고 했다. 허탈함이 밀려온 나는 그 자리에 털썩 주저앉았다. 지난 석 달을 함께 해 온 애마 시리우스를 두고 갈 수는 없고 그렇다고 필수품만 들어 있는 짐가방을 버릴 수도 없었다. 나는 울상으로 사정을 설명했지만 역무원은 귀찮다는 듯 말했다.

"Rules are rules. 규정은 규정입니다. 더는 도와드릴 수 없어요."

정말 이 여행은 끝날 때까지 끝난 게 아니구나. 막막함에 한숨을 쉬고 있는 그때 노신사가 다가와 물었다.

"Do you need help? 도움이 필요한가, 젊은이?"

"역무원이 말하길 규정에 따르면⋯."

"Follow me. 따라오게." 내 말이 끝나기 전에 그는 짧게 말했다.

역무원은 내게 보이던 차갑던 태도를 거두고 노신사에게는 공손히 규정을 설명했다. 그러나 추가 요금을 내야 한다는 말을 바꾸지는 않았다.

"여기서 잠깐만 기다리게."

노신사는 내 어깨를 가볍게 두드리더니 어디론가 사라졌다. 시간은 빠르게 흘러 곧 켄터키로 향하는 기차가 도착한다는 방송이 울려 퍼졌다. 그래, 할아버지가 나를 두고 떠나신 거야. 이만큼 애써주신 것만으로도 감사한 일이지.

체념하며 자리를 일어나려는 순간 저 멀리서 큰 검정색 가방을 들고 숨을 헐떡이며 달려오는 할아버지가 보였다. 그는 가방 지퍼를 열더니 그 안에 내 짐가방들을 허겁지겁 쑤셔 넣기 시작했다. 그 모습을 멍하니 바라보던 내 눈시울이 뜨거워졌다.

역무원은 굳은 표정으로 상황을 지켜봤다. 노신사는 미소를 띤 채 단호하게 말했다.

"규정을 어긴 게 아니지 않소? 이건 하나의 가방일 뿐이잖소!"

"좋아요⋯. 통과하세요." 역무원이 한숨을 크게 내쉬며 말했다.

그때 기차 출발을 알리는 방송이 울렸다. 할아버지의 이름조차 묻지 못한 나는 지나가는 행인에게 부탁해 황급히 사진 한 장만을 남겼다. 창문 밖으로 손을 흔드는 그의 모습이 점점 작아졌다. 세상에 여전히 이런 사람들이 존재한다는 사실이 믿기지 않았다.

언젠가 나도 누군가에게 이런 따뜻한 도움을 건네는 수호천사가 되리라.

Chapter 6

도전이 안겨준
뜻밖의 영예

일리노이주에서 켄터키주까지

★　★　★

58 연착이 준 뜻밖의 선물, 시카고

시카고의 명소 '콩 모양 거울(Big Mirror Bean)' 앞에서

석 달만에 자전거가 아닌 기차에 몸을 실었다. LA에서 시카고로 향하는 기찻길 양옆으로는 그림 같은 풍경이 펼쳐졌다. 내 옆자리에는 오십 대 부부가 감탄을 터뜨렸다.

"너무 아름답죠! 숨이 멎을 만큼요!"

"네, 꽤 멋지네요."

말이 너무 시들하고 냉담하게 들렸을까 싶어 나는 급히 덧붙였다.

"석 달 동안 북미 대륙을 자전거로 종단하느라 피곤해서요."

부부는 놀란 눈으로 쉼 없이 질문을 쏟아냈다. 언제 출발했는지, 어디를 지나왔는지, 가장 힘들었던 순간은 무엇이었는지. 미국인들의 여행 문화가 새삼 흥미롭게 다가왔다. 누군가는 몇 시간 만에 비행기로 대륙을 건너고 누군가는 캠핑카나 기차로 여유를 즐긴다. 또 나처럼 자전거에 몸을 맡기고 땀으로 건너는 사람도 있다.

시카고역에 도착했다. 하지만 다음 행선지인 켄터키주 파두카로 향하는 기차가 5시간이나 연착되어 있었다. 처음 발을 디딘 시카고를 이렇게 흘려보낼 수 있나. 나는 러닝화 끈을 단단히 조여 매고 시내로 뛰쳐나갔다.

가장 먼저 향한 곳은 시카고 딥디쉬 피자 가게. 두꺼운 크러스트 위에 녹아내리는 치즈와 풍성한 토핑이 산처럼 쌓여 있었다. 배를 채운 뒤에는 시카고 미술관을 스치듯 지나 몇몇 작품을 눈에 담고 다시 밀레니엄 공원으로 전력 질주했다. 거대한 콩 모양의 거울, '더 빈' 앞에서 사진을 남겼을 즈음엔 어느새 시간이 훌쩍 지나 있었다. 짧다면 짧고, 길다면 긴 다섯 시간. 주마간산이었지만 시카고의 얼굴은 제법 눈에 담았다. 이 또한 자전거 여행이 길러준 체력이 아니었다면 불가능했을 일.

모험은 언제나 움직이는 자의 것이다!

59

위풍당당威風堂堂
개선귀국凱旋歸國

파월(Powell) 아저씨와 함께

    시카고를 떠난 기차는 남쪽으로 향했다. 내가 돌아가야 할 곳 켄터키주는 우리가 잘 아는 치킨 브랜드 KFC(Kentucky Fried Chicken)의 고향이기도 하다. 하지만 이 땅을 설명하는 이름은 그것만으로는 부족하다.

    19세기 중반, 노예제를 둘러싼 갈등은 결국 남북전쟁으로 폭발했다. 산업화된 북부와 농업 중심의 남부는 끝내 타협하지 못했고, 1861년 전쟁이 시작됐다. 4년의 피비린내 끝에 노예제는 법적으로 막을 내렸다. 켄터키는 그 갈등의 한가운데에 서 있던 땅이었다. 지도로 보면 미국의 한가운데쯤에 놓인 중부에 가깝지만, 정서는 확실히 남부를 향하고 있다. 남부처럼 노예제를 유지하면서도 북부 연방에 남기를 택한 주, 켄터키. 그렇게 어느 한쪽으로 완전히 기울지 못한 채 두 세계의 긴장과 모순을 모두 껴안고 살아왔다.

흥미롭게도 이 모순의 땅에서 미국 역사상 가장 존경받는 인물 중 한 명인 링컨 대통령이 태어났다. 노예제가 일상이던 지역에서 성장한 그는 자유와 인간의 존엄에 대한 질문을 평생 품었다. 정규 교육조차 제대로 받지 못했지만 책을 통해 스스로 길을 열었고 마침내 노예해방선언으로 시대의 방향을 바꾼 지도자가 되었다.

이처럼 남부의 완고한 전통과 보수적인 가치 그리고 북부의 질서와 실용주의가 묘하게 공존하는 이 땅에 내가 돌아가야 할 학교가 있다.

새벽 3시. 학교에서 약 170km 떨어진 작은 기차역에 내렸다. 사방은 적막에 잠겼고, 텐트를 칠 만한 곳은 어디에도 보이지 않았다. 멀리 노란 맥도날드 간판만이 어둠 속에서 희미하게 빛났다. 따뜻한 커피를 홀짝이며 고민했다. 여기서 눈을 좀 붙일까 아니면 그냥 딜리버릴까.

하루라도 빨리 학교에 닿고 싶었던 나는 결국 잠을 포기했다. 자전거에 오르자 차가운 새벽 공기가 뺨을 스쳤고 마을과 농장은 모두 깊은 잠에 빠진 듯 고요했다. 이른 새벽이니 이 시간엔 경찰도 쉬겠지 하는 순진한 생각으로 나는 금지된 고속도로를 타기 시작했다. 곧 켄터키의 연초록 목초지가 바다처럼 펼쳐졌다. 평평한 도로 덕분에 속도는 쭉쭉 나왔고 몰래 질주하는 기분에 괜히 가슴도 두근거렸다.

그때 푸른 불빛을 번쩍이는 경찰차가 어둠을 가르며 다가왔다.

켄터키주(Kentucky) 드넓은 들판

"Bikes aren't allowed here. Leave now. 여긴 자전거가 다닐 수 없는 곳이야. 당장 나가."

"아… 죄송합니다, 경찰관님. 곧 앞에 나오는 출구에서 국도로 빠지겠습니다."

경찰차가 멀어지자 나는 설마 또 마주치겠냐며 다시 고속도로를 밟았다. 혹시 걸리더라도 외국인 여행객이라 잘 모른 척 순진하게 말하면 봐주겠지. 이 몸이 이래 봬도 석 달간 서부를 굴러다닌 방랑자 아닌가. 10분쯤 흘렀을까. 등 뒤에서 다시 한 번 날카로운 사이렌이 울려 퍼졌다.

"경찰관님, 제가 아까 표지판을 잘못 보고 지나친 것 같습니다. 곧 나오는 출구에서 국도로 빠지겠습니다." 나는 가능한 가장 순진한 표정으로 말했다.

"허허, 거참 흥미로운 친구로군." 경찰관이 허리춤의 반짝이는 수갑에 손을 올렸다. "지금 당장 뒤돌아가지 않으면 감옥에 넣어주지."

등줄기로 식은땀이 줄줄 흘렀다. 보수의 땅 켄터키에서 세 번째 경고는 진심이라는 걸 나는 본능적으로 느꼈다.

"Sir! 정말 죄송합니다! 지금 당장 돌아가겠습니다, sir!"

학교까지 남은 거리는 약 100km. 다시 페달을 밟으려는 찰나, 뒷바퀴에서 비명 같은 마찰음이 들리더니 시리우스가 맥없이 멈춰 섰다. 며칠 전 체인이 마모되어 끊어지기 직전이니 꼭 교체하라던 정비공의 경고가 떠올랐다. 지금까지 잘 버텼으니 학교까진 문제 없겠지 했던 안일한 생각이 나를 이 지경에 빠뜨려놓았다. 고작 단 하루만 버텨주면 되는데. 왜 이런 불운은 늘 마지막 순간에 찾아오는 걸까.

고장 난 시리우스를 풀숲에 눕혀두고 망연자실하게 평야를 바라보았다. 아까 마주친 경찰의 냉랭한 눈빛이 잔상처럼 스쳤다. 보수적인 이 땅에서 동양인이 도움을 받는다는 건 쉽지 않겠지. 최악의 경우 50kg이나 되는 자전거를 학교까지 끌고 가야 할지도 몰라.

그때 흙먼지를 일으키며 트럭 한 대가 멈춰 섰다. 운선석 창문이 열리며, 백인 중년 남성이 고개를 내밀었다.

"Do you have a problem? 무슨 문제 있나, 젊은이?"

사정을 들은 파월 아저씨는 잠시 내 자전거와 끊어진 체인을 바라보더니, 미소를 지으며 일단 우리 집에서 좀 쉬면서 같이 대책을 강구하자고 했다. 그의 집에 도착하자 부인은 따뜻한 표정으로 우리를 맞이했고 곧 저녁까지 차려주었다. 그는 내 또래인 아들이 만약 이런 어려움에 처한다면 누군가가 꼭 도와주길 바란다고 했다.

식사 후 아저씨는 자신의 왕국을 자랑스럽게 보여주었다. 차고 문이 열리자 크롬빛이 번쩍이며 묵직한 엔진 소리를 내는 오토바이가 모습을 드러냈다. 장식장에는 동호회 활동 상패와 할리데이비슨 로고가 새겨진 헬멧과 재킷이 가득했다. 아저씨는 수천 대의 할리가 줄지어 달리는 사진을 가리키며 자신이 매년 미국 전역을 누비는 라이더 모임의 임원이라고 힘주어 말했다. 할리는 그의 삶 그 자체였다.

할리데이비슨은 1903년 위스콘신 밀워키의 작은 차고에서 탄생했다. 젊은 엔지니어 윌리엄 할리와 그의 친구 아서 데이비슨이 만든 오토바이는 도전과 자유의 얼굴로 전쟁터를 달리기도 했고 영화 속에서 바람을 가르며 질주하기도 했다.

아저씨는 하룻밤 묵고 가라고 권했지만 하루라도 빨리 여정을 마무리하고 싶었던 나는 정중히 거절했다. 대신 한국으로 돌아가기 전 꼭 다시 찾아오겠다고 말했고 실제로 넉 달 뒤 그 약속을 지켰다.

트럭에 오른 우리는 컨트리 음악을 빵빵하게 틀며 켄터키의 녹음을 가로질렀다. 약 두 시간이 흐르자 마침내 저 멀리 붉은 노을에 물든 학교 정문이 눈앞에 나타났다. 뜨거운 눈물이 차올라 앞이 흐려졌다. 길고도 험난했던 석 달간의 여정이 드디어 종지부를 찍은 것이다!

나는 금의환향하는 장군처럼 태극기를 시리우스 등에 높이 달고 기숙사를 향해 천천히 전진했다. 세계 각지의 친구들이 하나둘 달려와 나를 둘러쌌다.

"Welcome back, Alex! You made it! 알렉스, 돌아왔구나! 너 정말 해냈구나!"

그들의 눈빛 속에는 석 달 전과는 분명 다른 무언가가 담겨 있었다. 그리고 나 역시 이전의 나와는 다른 사람이 되어 있음을 느꼈다.

파월 아저씨의 할리데이비슨(Harley-Davidson) 오
토바이

파월 아저씨의 트로피

그여름의아메리카

60 머레이주립대학교, 처음 열린 유학생 대표 자리

기숙사 유학생 대표로 회의에 참가한 모습

　자전거로 북미 대륙 일주를 마치고 돌아온 나는 새 학기를 맞아 프랭클린 기숙사에 입주했다. 얼마 지나지 않아 캠퍼스 곳곳에 내 여행 이야기가 퍼져나갔다. 소문을 들은 기숙사 총괄 사감 교수님과 학생 대표가 내 방문을 두드렸다.

　"이번 학기부터 유학생 대표직을 새로 만들 생각인데 그 첫 주인공이 되어주지 않겠습니까? 사실 이 자리는 알렉스, 당신을 염두에 두고 만든 자리입니다."

그 제안은 전혀 예상하지 못했던 선물이자 새로운 책임의 시작이었다. 한국 대학이 학과 중심의 선·후배 공동체라면, 미국 대학은 기숙사를 중심으로 관계가 형성된다. 기숙사 유학생 대표로서 내 역할은 매주 열리는 학생 대표 회의에 참석해 유학생들의 목소리를 전하고 미국 학생들과의 교류를 자연스럽게 잇는 단단한 다리가 되는 것이었다.

'자전거로 북미를 일주한 동양인' 그리고 '머레이주립대학교 최초의 유학생 대표'라는 이야기는 미국 학생들에게 제법 흥미로운 이야깃거리가 되어 캠퍼스 곳곳으로 빠르게 퍼져나갔다.

"야, 저기 있는 긴 머리 동양인 남자애가 그 애야?"

식당에서도, 도서관에서도, 운동장에서도 낯선 미국 학생들이 먼저 다가와 말을 걸었다. 그러던 어느 날 몇몇 학생이 내게 진지하게 제안했다.

"알렉스, 우리 프래터니티에 들어와! 너라면 우리 모임에 정말 잘 어울릴 거야."

프래터니티는 미국 대학 문화의 중심에 놓인 주류 집단이다. 주로 상류층 백인 남성들로 이루어져 있고 졸업 이후에도 정계·법조계·재계로 이어지는 단단한 네트워크를 유지한다. 동시에 폐쇄성과 배타성으로도 잘 알려져 있다. 그런 그들이 동양인인 나를 피부색이 아니라 개척 정신과 모험심으로 바라본 것이다. 이는 미국 대학 사회에서 아시아 학생으로서는 좀처럼 경험하기 어려운 일이었다.

화려한 이력을 쌓을 수 있는 매우 드문 기회였지만 나는 그 제안을 정중히 거절했다. 한 학기 뒤면 한국으로 돌아가야 했고 눈에 보이는 자리보다 지금의 시간에 집중하고 싶었기 때문이다. 기숙사 유학생 대표로서의 역할, 교내 한식당 코너에서의 요리사 경험, 멕시코 여행을 위한 스페인어 공부, 응급처치와 스쿠버 자격증 준비까지. 내 하루는 이미 의미 있는 일로 채워져 있었다. 그리고 무엇보다 아메리카 대륙 자전거 여행을 통해 스스로를 증명해야 할 일은 이미 끝났다고 느꼈다. 그 여정은 나를 그들의 사회 속에서 동등한 존재로 세워주었다. 아니, 어쩌면 삶의 조언을 해줄 수 있는 더 큰 어른으로 만들어 준 듯했다.

학년도 말, 프랭클린 기숙사는 교내 모든 기숙사를 대표하는 평의회에서 '올해의 기숙사상'을 수상했다. 여러 부서 대표들의 투표로 선정되는 권위 있는 상이었고 그 과정에서 유학생 대표로서 내 역할이 주요 공로로 언급되었다. 그 결과 내가 처음 맡았던 유학생 대표 제도는 다른 기숙사들로도 조금씩 퍼져 나갔다.

세상을 보기 위해 떠났던 내 여행은 그렇게 개인의 성취를 넘어 다른 이의 세상에도 작은 변화를 남겨 더 큰 울림을 주었다.

국제 음식 경연대회 우승팀인 '한국팀'을 총괄하는 나

Chapter 7

멕시코, 바다와
아이들의 노래

킨타나오로주에서 멕시코시티까지

★　★　★

61

동굴에서
쑥 캐 먹고 버텨라

생존에 필요한 스페인어 사전 그리고 휴대용 정수 빨대

가을 학기를 마친 12월 나는 귀국 전 터키와 그리스를 자전거로 여행하려고 계획을 세워 두었고, 이제 항공권 예약만 남겨둔 상태였다. 그런데 오리건에서 만난 조던이 "멕시코에서 고래의 등에 입맞춤을!"이라고 속삭이는 순간 내 여행 지도가 순식간에 뒤집혔다. 저렴한 물가와 영화에서 보던 에메랄드빛 바다 향긋한 타코 마야 문명의 유적 그리고 따뜻하고 유쾌한 사람들까지. 모든 방향이 멕시코를 가리키고 있었다. 나는 마지막 학기 내내 멕시코 탐험 대비에 열중했다. 고래를 보기 위해 오픈워터 다이버과정을 수료했고 정글에서 독사에게 물리거나 저체온증과 골절 같은 예기치 못한 사고에 대비해 미국 적십자 야외응급처치 자격증도 취득했다. 물론 스페인어 강의 수강도 빠뜨리지 않았다.

"¡Hola! 안녕하세요!"

"¿Debo ir a la derecha, a la izquierda o seguir recto? 오른쪽인가요, 왼쪽인가요, 아니면 직진인가요?"

"Por favor, llévese todo, pero no me haga daño! 모든 걸 다 가져가도 좋으니 제발 해치지만 말아주세요!"

남은 문제는 단 하나, 여행 경비를 해결하기 위해 나는 한국에 계신 어머니께 조심스레 전화를 걸었다.

"어머니… 귀국하기 전에 멕시코를 들렀다 가려고 하는데, 경비를 조금만…."

"한국에 바로 오지도 않고 또 여행을 간다고? 상의도 없이 네 멋대로? 난 모른다. 동굴에서 쑥 캐 먹고 버텨라!"

어머니, 당신의 아들을 정말 강하게 키우시는군요. 비록 수중에는 3만 원밖에 없지만 이미 아들 마음은 멕시코푸른 바다 위를 달리고 있으니 이를 어찌합니까.

"미국에서도 살아남았는데, 멕시코라고 못 하겠어?"

"인생은 한 번뿐이다. 멕시코야, 기다려라! 내가 간다!"

62 "나는 꿈이 있습니다"의 고향에서

마틴 루서 킹의 동상과 함께

나는 조지아주 애틀랜타에 머물며 멕시코 칸쿤으로 향할 준비를 했다.
출국까지 남은 아홉 날 동안 웜샤워에서 만난 캔 아저씨 댁에 신세를 졌다.
그는 변호사이자 열정적인 자전거 애호가이며 주 대표 사이클리스트로 활
동하는 아들을 둔 말 그대로 자전거 집안이었다.

"알렉스, 오늘 애틀랜타를 제대로 보여줄 테니까 자전거 타고 나오렴."

캔 아저씨는 페달을 밟으며 이야기를 계속했다.

"애틀랜타는 미국 남부를 대표하는 도시야. 역사적으로나 경제적으로도 중요한 장소지. 먼저 보여주고 싶은 곳이 있다네."

"어디로 가는 건가요?"

"마틴 루서 킹의 생가야."

"'나는 꿈이 있습니다'의 주인공이 이곳 출신이에요?"

"그래. 폭력 대신 사랑과 인내로 인종차별을 무너뜨린 사람이지."

붉은 벽돌집 앞에 선 나는 세상을 바꾼 영웅의 동상 앞에 고개를 숙였다. 잠시 후 아저씨가 입을 열었다.

"자, 알렉스. 혹시 네가 마시는 코카콜라의 고향이 어딘지 아니?"

"설마… 여기 애틀랜타인가요?"

"정답! 박물관으로 가보자."

월드 오브 코카콜라 박물관은 한눈에 봐도 이 도시의 자부심이 느껴지는 곳이었다. 1886년 이곳에서 시작된 코카콜라는 이제 전 세계인의 음료가 되었고 국가별로 각기 다른 맛을 체험해볼 수 있었다. 코카콜라의 종류가 이렇게 다양했다니.

박물관을 나오자 남부의 따뜻한 공기가 볼을 스쳤고 도심은 여유로운 리듬이 가득했다. 헉헉대는 나를 본 캔 아저씨가 걱정스레 물었다.

"괜찮겠니, 알렉스? 더 달릴 수 있겠어?"

나는 고개를 끄덕였고, 아저씨는 미소를 지으며 다시 속도를 높였다.

"세계 최초의 24시간 뉴스 전문 채널이 탄생한 곳이 바로 여기란다."

그가 손짓한 곳은 CNN 센터였다. 건물 안으로 들어서자 거대한 스크린

들이 빛의 파도를 쏟아냈다. 언론사에서 35년 넘게 일하신 아버지 덕분인지 미국 방송국의 풍경이 낯설게 느껴지지 않았다. 캔 아저씨는 CNN이 처음 문을 열던 시절을 떠올리며 말했다. "그땐 다들 하루 종일 뉴스를 누가 보겠냐며 비웃었지. 하지만 걸프전과 9·11 보도로 세상이 바뀌었어."

해가 뉘엿뉘엿 저물 무렵 아저씨가 자전거를 돌렸다. "오늘은 이만 돌아가자. 집사람이 저녁을 준비해 놓았을 거야."

집으로 돌아오는 길, 나는 이 도시의 굴곡진 역사를 곱씹었다. 본래 조지아는 빚과 가난에 몰린 영국인들이 재기를 꿈꾸며 세운 희망의 땅이었다. 그러나 면화 산업이 뿌리를 내리면서 그 꿈은 누군가의 희생으로 번뜩였다. 광활한 들판 위로 노예들의 쇠사슬 소리가 울려 퍼졌고 결국 남과 북이 갈라섰을 때 조지아는 남부연합의 중심부로 끌려 들어갔다. 1864년 애틀랜타는 전쟁의 불길에 휩싸였다. 철길과 창고, 거리와 집들이 무너져 내렸다.

하지만 사람들은 그 잿더미 위에서 다시 벽돌을 쌓아 올렸다. 한 세기가 흐른 뒤 파괴의 현장은 마틴 루서 킹의 "나는 꿈이 있습니다."라는 비폭력 외침이 울려 퍼지는 인권의 성지로 거듭났다.

오늘날 애틀랜타의 하늘 아래에는 CNN의 전파가 흐르고 코카콜라 병이 세계로 뻗어 나간다. 전쟁과 분열, 파괴와 재건을 모두 관통해 온 이 도시는 과거의 상처를 껴안고 앞으로 나아가는 미국 남부의 당당한 얼굴이 되었다.

그 여름의 아메리카

63 미국의 첫 크리스마스 그리고 산타할아버지

캔(Ken) 아저씨 집에서 맞이한 크리스마스

　미국에서 처음 맞이하는 크리스마스 이브. 어릴 적 영화 〈나 홀로 집에〉에서 보던 풍경이 눈앞에 펼쳐졌다. 거리는 들뜬 웃음소리와 설렘으로 가득했고 상점과 카페마다 머라이어 캐리의 "I don't want a lot for Christmas~" 캐럴이 울려 퍼졌다. 창밖으로는 하얀 눈이 소복이 내려앉아 온 세상을 하얗게 덮어가고 있었다.

　저녁에는 캔 아저씨 가족을 따라 교회로 향했다. 촛불이 은은하게 일렁이는 예배당 안에는 경건한 찬송가가 흐르고 있었고 창밖의 거리는 색색의 조명 아래 고요한 평화가 감돌았다. 예배를 마치고 돌아오는 길에 아저씨는 내일 저녁이면 온 가족이 모여 성대한 파티를 열 것이라고 들뜬 목소리로 말했다.

따뜻한 가족 모임에 내가 방해가 되어선 안 되겠지. 나는 내일 아침 일찍 집을 나서 혼자 거리를 거닐기로 마음먹었다. 산타의 선물도 없고 곁을 지켜줄 연인이나 친구도 없는, 주머니 속엔 고작 3만 원뿐인 나의 크리스마스. 쓸쓸함이 파도처럼 밀려왔다.

크리스마스 아침이 밝았다. 창밖에서 들려오는 아이들의 해맑은 웃음소리에 눈을 떴다. 조용히 집을 나설 채비를 하던 그때 누군가 내 방문을 두드렸다.

"알렉스, 이리 나와봐."

캔 아저씨였다. 거실로 나가자 반짝이는 트리 앞에 온 가족이 빙 둘러앉아 나를 기다리고 있었다.

"양말을 꺼내봐!"

아저씨가 장난스러운 눈빛을 따라 트리 아래를 내려다보니 내 이름이 적힌 양말 하나가 놓여 있었다. 부드러운 양말 안에는 생존을 위한 정수 빨대와 자전거 전용 양말 그리고 어둠을 밝혀줄 고출력 LED 헤드랜턴이 들어 있었다.

"멕시코에서도 무사히 살아남아야지, 알렉스."

목이 메어 아무 말도 할 수 없었다. 쓸쓸함과 처량함으로 가득할 줄 알았던 그날 아침 나는 생애 가장 따뜻한 크리스마스를 맞이했다.

캔 아저씨 가족과 함께한 크리스마스 저녁 식사

64 자유로운 아이들과 독서실의 아이들

칸쿤의 아름다운 델피네스 해변(Playa Delfines)

 마야와 아즈텍 두 고대 문명의 숨결이 살아 있는 나라, 멕시코.

 유카탄 반도의 치첸이트사에는 마야의 시간이 돌 속에 잠들어 있고 멕시코시티의 도심 아래로는 아즈텍의 수도 테노치티틀란의 유적이 흐른다. 그 위를 덮은 스페인 양식의 성당과 건물들까지. 이곳은 고대와 식민의 역사가 묘하게 공존하는 곳이다.

 거리는 스페인어와 음악 소리 그리고 고소한 타코 냄새로 활기가 넘쳤다. 특히 향이 강하고 매콤한 멕시코 음식은 낯선 땅에서도 이상하게 한식과 닮아 있어 정겨웠다. 치안에 대한 우려도 있었지만 내가 머문 칸쿤과 멕

시코시티는 비교적 평온했다. 나는 '뱀의 둥지'라 불리는 칸쿤에서 약 두 달간 머물렀다. 원시 정글과 에메랄드빛 카리브해를 품은 이 도시는 이제 과거의 이름을 뒤로하고 세계적인 휴양지로 변모해 있었다.

멕시코로 떠나기 전 미국인과 한국인 친구들은 모두 한목소리로 나를 만류했다.

"친구야, 미국은 야생동물 때문에 위험하지만, 멕시코는… 사람 때문에 위험하잖아. 비행기 값 줄 테니까 그냥 한국으로 귀국하면 안 되겠나?"

그들의 걱정을 웃어넘겼지만 막상 도착해 보니 아주 근거 없는 말은 아니었다. 칸쿤 공항에 도착해 자전거를 조립하기 시작했을 때였다. 수상한 남녀 몇 명이 내 소지품을 노리며 주위를 맴돌았다. 나는 가방에서 칼을 꺼내 옆에 두고 보안요원 근처로 자리를 옮기며 방어 태세를 갖췄다. 그런데 보안요원도 썩 믿음직해 보이지 않았다. 결국 평소보다 두 배나 긴 4시간 만에야 조립을 마칠 수 있었다.

조립을 마친 나는 떠나기 전 소소한 복수를 감행했다. 자전거에 태극기를 꽂고 그들이 탐내던 카메라를 꺼내 당당히 기념사진을 찍었다. 휴대전화 볼륨도 최대로 높여 그들의 시선을 끈 후 페달을 밟자 묘한 승리감이 몰려왔다.

좀도둑들 덕분에 예상보다 훨씬 늦게 저녁이 되었고 잘 곳이 마땅치 않아 주변 사람들에게 물으니, "그냥 저기 있는 해변 모래 위에 텐트 치면 돼요."라는 대답이 돌아왔다. 아, 여긴 미국이 아니구나.

다음 날 아침, 텐트 바깥에 뛰어노는 아이들의 꺄르르 웃음소리에 나는 눈을 떴다. 지퍼를 내리는 순간,

"이게… 도대체 뭐지?"

나는 눈을 비비고 다시 떠보았다. 마법의 세계에 온 듯 황홀한 풍경이 눈앞에 펼쳐져 있는 것 아닌가! 투명한 에메랄드빛 바다가 햇빛을 받아 반짝였고 파도는 유리처럼 맑았다. 그 사이로 작은 물고기들이 무리를 지어 지나가는 모습까지 선명하게 보였다.

"설마… 여기가 진짜 내가 어젯밤 잔 곳이라고?"

"플라야 델피네스. 칸쿤에서 가장 아름다운 해변이죠." 지나가던 현지인이 미소 지으며 말했다.

어둠 속에서 텐트를 쳤을 때는 미처 보지 못했던 카리브해의 얼굴은 그야말로 낙원이었다. 나는 곧장 바다로 몸을 던졌다. 청량한 물결 속에서 자

그 여름의 아메리카

유롭게 헤엄치자 모든 근심 걱정이 사라졌다. 톡 쏘는 시원한 사이다 맛이 날 것 같아 바닷물을 살짝 마셔 보았다. 달달했다. 모래사장에 돌아와 누워 하늘을 올려다보았다. 나는 깊고 평화로운 낮잠 속으로 빠져들었다.

어느새 석양이 바다를 붉게 물들였고 한 사내가 맥주 한 캔을 건네며 말했다.

"¡Hey, amigo! 이봐요 친구! 저는 데이비드예요. 한국에서 오신 거 맞죠? 저 K-pop 정말 좋아해요!"

"맞아요, 한국에서 왔습니다. 혹시 어떤 가수를 좋아하세요?"

"엑소와 소녀시대요. 노래도 좋지만 사실 더 놀라운 건 한국 그 자체예요. 불과 몇십 년 만에 세계가 주목하는 나라로 성장했잖아요. 정말 부럽습니다."

"맞아요. 하지만 급격한 성장 뒤에는 치열한 경쟁이 숨어 있어요. 아이들이 너무 어릴 때부터 밤늦게까지 학원에서 공부만 하거든요."

"멕시코 사람들은 매일 해변에서 노는 게 일상이에요. 자유롭고 여유롭지만 그래서 큰 발전이 없어요."

"오히려 그 부분이 저는 부럽습니다. 바다와 음악 그리고 가족과 함께하는 시간이요…. 한국 아이들이 잃어 가고 있는 여유로운 삶이요."

멀리서 아이들의 웃음소리가 들려왔다. 새벽 1시가 넘은 시간이었지만 가족들과 함께 바다를 뛰어노는 아이들의 모습은 한없이 자유로워 보였다. 같은 시간 한국의 수많은 청소년은 야간 독서실에서 책과 씨름하고 있을 것이다. 과연 어디의 아이들이 더 행복한 삶을 살고 있는 걸까.

칸쿤의 아름다운 델피네스 해변(Playa Delfines)

그 이름의 아메리카

칸쿤의 아름다운 델피네스 해변(Playa Delfines)에서

해변에서 텐트치고 자는 나

65 허니문의 섬, 칸쿤에서 이어진 첫 인연

호세(José)와 함께

　화창한 아침 단돈 3만 원밖에 없었던 나는 허기와 목마름에 지쳐 해변에서 구걸을 시도했다. 사람들의 시선은 차갑게 스쳐 갔고 어떤 이들은 나를 위험한 거지로 여기며 멀찍이 피해 갔다. 뜨거운 태양 아래 탈진 상태에 도달한 듯 다리가 휘청거렸다. 구걸이란 생각보다 훨씬 어려운 일이구나. 뒷일은 모르겠고 우선 지금 살고 보자.

　결국 마지막 남은 거금 3만 원을 털어 배를 채우기로 했다. 해변을 떠나 자전거를 타고 칸쿤 시내로 달렸다. 그러던 중 코코넛 나무 한 그루가 눈에

그 이름의 아메리카

들어왔다. 손을 뻗어 열매를 따고 돌로 깨뜨렸다. 달콤한 과즙이 목을 타고 내려갔다. 적어도 목말라 죽지는 않겠구나 하는 안도감이 들었다.

시내 중심가에 도착하니 유명한 맛집 '타코 리코'는 아직 영업 전이었다. 행인에게 물으니 "저 집도 맛집이에요."라며 길 건너 오렌지색 건물을 가리켰다. 문을 열고 들어서자 또래로 보이는 주인이 메뉴판을 주었다. 스페인어로 가득한 글자들은 내게 암호문처럼 보였다. 사전을 뒤적이며 의미를 해석한 뒤 식사를 주문했다.

잠시 후 눈앞에 따끈한 타코 한 접시가 놓였다. 한입 베어 무는 순간 입안에 축제가 벌어졌다. 부드러운 토르티야 속에서 촉촉한 고기와 신선한 야채, 그리고 매콤한 소스가 폭죽처럼 터졌다. 나는 감탄하며 엄지를 치켜세우자 그는 시원한 맥주와 함께 타코 한 접시를 서비스로 주었다.

"여행을 하는 걸 보니, 꽤 부자인가 보네요?"

"하하… 방금 이 음식에 전 재산을 다 썼습니다."

"그럼 오늘 밤은 어디서 잘 건가요?"

"어젯밤에 머물렀던 델피네스 해변으로 돌아가려 합니다."

"오늘 밤 잘 곳이 없다면 이 가게로 오세요. 원하시는 만큼 머무르셔도 됩니다."

뜻밖의 제안에 나는 잠시 말을 잃었다.

"네? 제가… 무엇을 하면 될까요?"

"식당 일을 조금만 도와주세요. 삼시 세끼와 잠자리는 제가 책임지겠습니다."

멕시코에서 첫 번째 행운이 찾아왔음을 직감했다.

칸쿤 시내로 가는 길, 코코넛으로 축이던 목마름

66 서툰 스페인어, 따뜻한 웃음

아침 식사 중인 호세 식당 직원들

아침 8시, 눈을 뜨니 옆에서 가게 주인 호세가 이미 일어나 식당 문을 열 채비를 하고 있었다. 나는 약속대로 식당 일을 돕기 위해 서둘러 청바지로 갈아입었다. 식당 종업원들이 일제히 나를 바라보았다. 낯선 동양 청년이 갑자기 일을 한다니 재밌는 구경거리였겠지.

스페인어가 서툴러 손님 주문을 받을 자신이 없었기에 대신 바닥을 닦고 설거지를 맡았다. 그래도 틈이 나면 주머니에서 작은 사전을 꺼내 들고 손 님들에게 더듬더듬 말을 걸며 대화를 시도했다.

호세는 멕시코 음식 요리법을 알려주겠다며 나를 불러세웠다. 능숙한 손놀림으로 야채를 썰고 고기를 굽는 그의 동작을 따라 하다 보니 내 손바닥에는 금세 물집이 잡혔다. 그 모습을 본 호세가 배꼽을 잡고 웃으며 말했다.

"하하, 친구! 그냥 바닥이나 닦는 게 좋겠어!"

고단한 식당 일은 밤 10시가 돼서야 끝났다. 그러나 하루는 거기서 끝나지 않았다. 다음 날 장사를 준비하기 위해 우리는 곧장 마트로 향했다. 장을 보고 돌아와 과일과 식재료를 정리하다 보면 시계는 어느새 자정을 훌쩍 넘기곤 했다.

몸은 완전히 녹초가 되었지만 마음은 이상하리만치 평온했다. 이곳 사람들도 마찬가지였다. 하루 종일 일해도 한국 식당 종업원의 3분의 1에도 못 미치는 보수를 받았지만 누구 하나 크게 불행해 보이지 않았다. 그들에게는 오늘을 성실히 살아내고 가진 것에 만족할 줄 아는 태도가 배어 있었다.

나중에야 알게 된 사실이지만 호세는 이 지역에서 꽤 이름난 셰프라고 했다. 그래, 그날 먹었던 타코의 깊은 맛은 단순히 배가 고파서 생긴 착각이 아니었어.

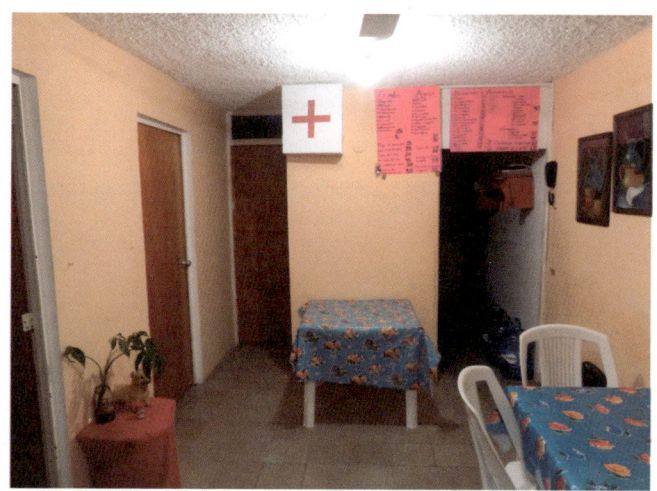

호세(José) 식당

67 공부가 아닌 노동이
일상이 된 아이들

밤 10시 넘어 마트에서 장을 보는 호세와 나

밤 10시, 식당 정리를 하고 장을 본 뒤 몸이 녹초가 되었다. 씻고 눕기 직전 문이 살짝 열리더니 호세가 "새우 먹을래?"라고 물었다. 셰프가 직접 구운 새우는 향부터 남달랐고 이제껏 먹어본 그 어떤 새우보다 풍미가 깊었다. 우리는 맥주를 걸치며 인생 이야기를 진하게 나누기 시작했다.

"나는 여덟 살 때부터 학교 대신 거리에서 껌을 팔며 살았어. 내 고향은 피타라는 깊은 산골 마을인데 얼마 전에서야 겨우 전기가 들어왔지. 지금도 부모님과 동생들은 산에서 나무를 베고 바나나와 감자를 캐며 살아가고

그 여름의 아메리카

있어."

"그럼 너만 도시에 나온 거야?"

"응. 8살 되던 해 훌륭한 요리사가 되겠다는 꿈 하나만 품고 혼자 칸쿤으로 나왔어. 정말 밑바닥부터 뒹굴었지."

그는 식당 청소부터 시작해 22년 동안 단 하루도 쉬지 않고 일했다고 했다. 그리고 마침내 서른 살에 자신의 이름을 건 식당을 열었고 지금은 몇 채의 건물을 소유할 만큼 성공했다고 한다. 그의 웃음에는 세월의 고단함이 묻어 있었다.

"알렉스, 넌 돈 한 푼 없이도 자전거로 세계를 여행하잖아. 그게 참 부럽다. 대학교도 나오고 말이야."

"왜 학교는 다니지 않았어?" 나는 맥주잔을 내려놓으며 물었다.

"멕시코엔 나 같은 아이가 많아. 교육비가 없어서 학교에 못 가고, 어릴 때부터 일터로 나가야 하지."

함께 일하던 종업원 엑토 역시 글을 읽지 못했다. 말은 유창했지만 숫자를 배우지 못해 거스름돈을 맞추는 간단한 산수조차 힘들어했다. 부모에게 버림받고 어릴 때부터 삼촌 밑에서 구두닦이를 하며 자랐다고 했다. 돌이켜보니 내가 사전을 꺼내 단어를 찾을 때마다 엑토는 그 작은 책을 유난히 오래 바라보곤 했다. 글자는 그에게 지식이기보다 세상과 자신을 갈라놓는 벽이었던 것이다.

"나는 엑토에게 글이랑 산수를 가르쳐서 언젠가 꼭 학교에 보내줄 거야." 호세가 말했다.

문득 밤마다 장을 보러 가면 마트 주차장에 서 있던 아이들이 떠올랐다. 일곱 살 남짓한 아이들은 손님이 나오기만을 기다렸다가 헐레벌떡 짐을 들어서 차 트렁크에 실어주고 돈을 달라고 손을 내민다. 그렇게 받는 팁 몇 페소로 그들은 하루를 살아간다. 한국이라면 아직 부모의 품에서 보호받으며 잠들 나이. 하지만 멕시코 아이들은 집과 교실 대신 시장과 도로 위에서 하루를 시작한다. 아, 내가 가진 모든 것은 얼마나 값진 축복이었던가.

그 아이들의 아메리카

68
천 년의 피라미드
치첸이트사로 가는 길

세계 7대 불가사의 피라미드 치첸이트사(Chichén Itzá)

호세에게 열흘간 휴가를 얻어 세계 7대 불가사의인 치첸이트사로 향했다. 유적지 중심의 쿠쿨칸 신전은 그 자체로 거대한 돌 달력이었다. 마야인들은 태양의 궤적과 계절의 순환을 치밀하게 계산해 이 신전을 세웠고 절기마다 뱀 형상의 그림자가 계단을 타고 내려오도록 설계했다.

신전 옆의 광활한 구기장과 제물을 바치던 세노테 그리고 천문대를 차례로 지났다. 이곳은 단순한 유적이 아니라 마야인의 정교한 세계관 그 자체였다. 땅을 일구면서도 늘 하늘을 살폈던 그들은 종교와 과학, 예술을 하나로 엮어 위대한 문명을 완성했다.

저녁 무렵, 길가에서 나무를 베던 일꾼들을 만났다. 근처에 텐트를 쳐도 되겠냐 묻자 그들은 한 노인을 소개해 주었다.

"따라오게. 오늘 밤은 우리 집에서 자게나."

한참을 달려 도착한 그의 집은 소박했지만 따뜻했다. 나무로 지은 벽 사이로 흙냄새가 풍겼고 부엌에서는 장작 타는 냄새가 피어올랐다. 호기심에 찬 아이들이 우르르 몰려와 나를 둘러싸며 반겨주었다. 아이들은 마당에서 공을 차며 웃고 낡은 스케치북 위에 크레용으로 그림을 그렸다. 누나는 남동생에게 스페인어 철자를 가르쳐주며 "¡Muy bien! 잘했어!" 하고 다정하게 웃었다.

찬란한 문명을 꽃피운 마야인의 후손들. 지금은 하루 종일 땀 흘려 벌목장에서 일하며 고작 만 원 남짓 벌지만 여덟 명의 대가족이 사는 작은 집에는 가난보다 먼저 웃음이 자리하고 있었다.

저녁 식사 시간, 막내 소년이 내 손목시계를 신기한 듯 빤히 쳐다보았다. 샌프란시스코에서 꽤 비싼 값에 산 시계였다. 나는 잠시 망설이다가 소년의 손목에 시계를 채워주었다.

순식간에 집 안이 술렁였다. 아이의 사슴같이 커다란 눈망울에 눈물이 맺혔고 부엌에서 엄마와 할머니가 달려와 두 손을 맞부딪치며 웃었다.

"훗날 자라서 한국에서 다시 만나자."

내 가슴은 뿌듯함으로 가득 채워졌다. 여행자는 때로 민간 외교관이 된다고 하지 않던가.

그 여름의 아메리카

웃음이 끊이지 않는 마야인 가족들

마야의 후예들, 손목시계를 선물 받고 기뻐하는 소년

마야인이 내어준 따뜻한 방

그 여름의 아메리카

69

소 눈알 타코, 충격의 한입

소 눈알 타코를 먹는 나

멕시코인들은 정말 못 먹는 음식이 없는 것 같다. 동양에서 중국인들이 곰 발바닥이나 원숭이 골 같은 별미를 먹는다고 하지만 멕시코 역시 둘째 가라면 서러울 것 같다.

퇴근 후 호세와 도착한 포장마차. 메뉴판을 보는 순간 나는 넋을 잃고 말았다. 호세가 손가락으로 하나씩 짚으며 친절하게 설명해 주었다.

"이건 소 입술이고, 저쪽은 코. 여기는 귓불, 혀, 그리고… 눈."

잔뜩 찡그린 나를 보고 호세가 말했다.

"알렉스, 이제 진짜 멕시코를 알게 되는 순간이야."

그가 주문한 것은 소 눈알 타코. 눈알을 토르티야 위에 올리고 한입 베어 물었다.

"퍽."

생각보다 너무 정직한 식감에 잠시 멍해졌다. 정말 소 눈알 특유의 냄새와 맛이 났다. 나는 씹는 것도, 삼키는 것도, 포기하는 것도 아닌 애매한 상태로 몇 초를 버텼다.

"하하! 괜찮아, 이번에는 더 맛있을 거야."

이번에 그는 소 혓바닥 타코와 콧구멍 타코를 내밀었다. 명색이 자전거 여행자인 나는 언제나 열린 마음으로 세상 모든 음식을 먹겠다고 호기롭게 말하지 않았던가. 하지만 그 자신감은 지금 소리 없이 사라졌다. 나는 벌컥벌컥 물을 들이켜며 뱃속을 진정시켰다.

그날 밤 뱃속에서 소가 눈알을 굴리며 나를 노려보고 있는 것만 같았다.

그 여름의 아메리카

소 눈알 타코

70 고맙다, 시리우스

다섯 달을 함께해 준 내 애마 시리우스(Serius)

한국으로 귀국할 시간이 다가오고 있었다. 공항에 전화를 걸어 애마 시리우스를 비행기에 싣는 비용을 물었더니 약 40만 원이 필요하다는 무시무시한 대답이 돌아왔다. 지갑을 열자 3천 원이 툭 하고 떨어지며 시리우스와 작별의 순간이 다가왔음을 알려주었다.

뜨거운 태양 아래 펼쳐지던 미국 서부의 들판과 성스러운 빛을 머금은 캐나다의 호수들, 멕시코의 해변과 정글이 짧은 순간에 스쳐 지나갔다. 마지막으로 시리우스의 몸을 구석구석 닦아 주며 녀석의 귀에 대고 조용히

그여름의 아메리카

속삭였다.

"고맙다, 시리우스. 네 덕분에 정말 많은 걸 배웠어."

그렇게 나는 눈물을 머금고 다섯 달을 함께 한 애마 시리우스를 멕시코인에게 단돈 15만 원에 입양 보냈다.

이별을 아쉬워하던 호세는 출국 전 자신의 고향인 피타 마을을 보여주고 싶다고 했다. 나무로 지은 집과 흙으로 단단히 다진 마당 그리고 그 사이를 자유롭게 뛰노는 닭과 병아리들이 가장 먼저 눈에 들어왔다. 전기가 막 들어온 이 산골 마을은 시간이 천천히 흐르는 오래된 세계 같았다. 작은 공동체 안에는 여전히 마야 문명의 언어와 전통이 살아 숨 쉬고 있었다.

집안의 여자들은 하루 종일 부엌과 마당을 오가며 음식을 만들었고 상위에는 쉬지 않고 그릇이 올라왔다. 가만히 앉아 배불리 먹고 나니 괜히 미안한 마음이 든 나는 두 팔을 걷어붙이며 말했다.

"밥값은 해야죠. 설거지라도 도울게요."

그러자 호세가 너털웃음을 터뜨리며 말했다.

"하하, 알렉스. 힘을 아껴 둬. 남자들은 내일 새벽에 산에 벌목하러 가야 하거든."

이곳의 남녀 역할 구분은 차별이 아니라 수백, 수천 년 동안 공동체를 지탱해 온 자연스러운 질서이자 삶의 지혜였다.

호세 부모님 댁

그 여름의 아메리카

71 피타 마을, 문명 이전의 풍경 속으로

사냥을 나가는 우리

새벽빛이 퍼지자마자 남자들이 분주하게 움직이기 시작했다. 허리에는 두툼한 가죽띠를 둘러매고 등에는 길고 날선 칼을 멘 채 각자 커다란 물통을 나눠 들었다. 라파엘이 "휘익" 휘파람을 불자 어디선가 사냥개 두 마리가 나타나 앞장섰다. 녀석들은 호위무사처럼 뒤를 힐끔거리며 우리를 재촉했고 우리는 그 뒤를 따라 산길을 올랐다. 멧돼지 같은 산짐승에 대비해 개와 함께 움직이는 것 역시 이 지역 사람들의 오래된 삶의 지혜였다.

산 정상에서 본 백발이 성성한 호세의 아버지는 장군과도 같았다.

"퍽! 퍽!"

도끼를 쥔 손끝이 번쩍일 때마다 맹렬한 기운이 터져 나왔고 나무들은 힘없이 고꾸라졌다.

얼마쯤 시간이 흘렀을까. 언덕 아래에서 흥얼거리는 노랫소리가 바람을 타고 올라왔다. 고된 일을 하는 아버지와 오빠들을 위해 여동생 에르난데스가 머리에 음식을 이고 올라오고 있었다. 그녀가 내어준 따끈한 옥수수 토르티야와 닭고기 스튜는 그야말로 꿀맛이었다.

멕시코의 산은 자연이 내려준 풍요의 보고였다. 호세의 동생 라파엘과 앙헬은 숲속 곳곳에서 감자와 고구마를 캐 쉬지 않고 가방에 담았고 나무 위로 올라가 바나나와 레몬을 따 왔다. 이어 나뭇가지를 하나 꺾어 내게 내밀었다.

"이건 설탕나무야, 먹어봐."

나무에서 배어 나온 즙은 꿀보다 더 달았다. 하산하던 중 계곡을 발견한 라파엘과 앙헬은 "저녁거리다!" 하고 외치며 물속으로 첨벙 뛰어들더니 이내 맨손으로 게와 물고기를 한 움큼 쥐고 물 밖으로 올라왔다.

마치 오래된 역사책 속 삽화의 한 장면에 발을 들여놓은 것 같은 하루였다.

저녁거리 이구아나 획득

환송연을 위한 돼지 도축, 라파엘(Rafael)과 함께

어젯밤 라파엘이 내게 귓속말로 말했다.

"내일 아침엔 특별한 음식이 널 기다리고 있을 테니, 기대해도 좋아."

이른 새벽, 잠든 마을을 깨우는 날카로운 울음소리가 들려왔다. 밖으로 나가보니 커다란 나무에 묶인 돼지가 몸을 뒤척이고 있었다. 호세의 아버지가 짧게 고개를 끄덕이자 셋째 아들 라파엘이 조용히 칼을 들었다.

잠시 후 마을은 다시 고요해졌다. 곧 막내 아들 앙헬이 뜨거운 물을 끓여 돼지의 몸에 붓고 털을 벗겨내기 시작했다. 공기에는 서서히 고기 향이 퍼졌고 얼마 지나지 않아 김이 오르는 돼지껍데기가 옥수수 토르티야 위에 올려졌다.

"고기엔 테킬라가 빠질 수 없지."

라파엘이 소금 한 줌과 작은 잔을 내밀었다. 남은 고기는 잘게 다져 바나나 잎에 정성껏 싸서 큰 솥에 넣었다. 해가 산 너머로 기울 무렵 천천히 익은 고기가 마침내 저녁 식탁에 올랐다.

사람들은 종종 멕시코를 위험한 나라라고 말한다. 하지만 내가 만난 이들은 세상 누구보다도 순박하고 따뜻한 마음을 지닌 사람들이었다. 가진 것이 많아서 나누는 것이 아니라 함께 나누기에 더 많이 가진, 진정으로 부유한 사람들이었다.

사탕수수를 먹는 나

73 언젠가 우리 다시

호세 가족들

이별의 아침, 가족들은 마당에 동그랗게 둘러앉아 서로의 손을 맞잡았다.

"주님, 이 두 청년이 무사히 자신들의 보금자리로 돌아가게 해주소서."

호세 아버지의 낮게 떨리는 기도 소리가 집 안을 가득 채웠고 집 안은 곧 눈물바다가 되었다.

호세는 여덟 살에 집을 떠나 거리에서 껌을 팔며 생계를 이어갔고 그곳에서 요리를 배워 호텔 셰프가 되었다고 했다. 그리고 십오 년이 흐른 뒤 스물세 살이 되던 해에야 처음으로 고향으로 돌아왔다. 그때 그는 생전 처음 부모님을 병원에 모시고 작은 새집을 지어 드렸다고 했다. 그의 이야기는 누군가의 성공담이라기보다 가족에게 돌아가기까지 너무 오래 걸린 한 사람의 애절한 삶처럼 느껴졌다.

가진 것 하나 없는 나를 먹여주고, 재워주고, 마음을 준 호세 가족. 우리는 뜨겁게 서로를 끌어안았다.

"Espero que vengas a Corea. 한국에 꼭 와주세요. 저도 이 은혜에 보답하고 싶습니다."

"¿Vendrás a vernos otra vez con tu esposa cuando te cases? 결혼하면 부부끼리 다시 찾아올 거지?" 호세 가족이 말했다.

"Claro que sí. 그럼요, 언젠가 꼭 다시 올게요."

마지막으로 그들의 얼굴을 바라보았다. 언젠가 반드시 이 따뜻한 마음에 보답할 날이 오기를.

지나온 길,
내가 선 자리

멕시코를 여행하는 내내 한 가지 질문이 머릿속을 떠나지 않았다.

"나는 도대체 왜 이 여행을 하고 있는가?"

미국을 달린 이유는 분명했다. 미국 문화를 피부로 직접 느끼고 싶었고 그 사회에서 내 존재감을 찾고 싶었다. 하지만 단돈 3만 원밖에 없는 내가 왜 멕시코의 뜨거운 태양 아래서 홀로 고생을 자처하고 있는지에 대해서는 나 스스로도 선뜻 답을 내리지 못했다.

"여행은 편견과 편협함, 마음의 협소함에 치명적이다."라는 마크 트웨인의 말처럼 여행은 그 자체로 목적이 되기도 한다. 멕시코 여행을 하며 나는 내가 알지 못했던 세상에 대해 알게 되었고 따뜻한 인연을 만났으며 나의 과거를 성찰하는 시간을 보냈다. 하지만 동시에 하나의 중요한 사후적 이해에 이르게 되었다. 그것은 이제 새로운 사람과 풍경을 만나는 일만으로는 예전처럼 가슴이 뛰지 않는다는 것이었다. 서른에 가까워진 나는 세상 바깥의 풍경보다 내 안의 세계를 더 깊이 여행하고 싶어 하고 있었다.

그래서 끊임없이 자문했다. 나는 무엇을 할 때 가장 나다운가. 무엇을 가장 잘할 수 있는가.

답을 찾기 위해 여러 길을 두드렸다. 미국 대학원 진학에 도전했지만 현실의 벽 앞에서 멈춰야 했고, 주한미국대사관 공공외교부 최종 후보 2인에 올랐지만 마지막 문턱을 넘지는 못했다. 그 시간을 지나며 교직이야말로 내가 서 있어야 할 자리라는 생각이 점점 또렷해졌다. 그렇게 임용고시에 도전했고 지금은 고등학교에서 영어를 가르치고 있다.

학문 밖의 세계에서도 나 자신을 알아가기 위한 도전은 계속되었다. 체력과 정신력을 단련하며 스스로의 한계에 맞섰고 그 과정에서 여러 의미 있는 성과도 얻었다—제2회 김해시 킥복싱 생활체육대회 라이트급 우승, 제4회 진주시협회장기 족구대회 우승(4부리그), 제18회 하양오픈 전국테니스대회 단식 우승(구력 3년), 제1회 에이스통영 전국테니스대회 3위(구력 3년), 제1회 경상국립대학교배 테니스대회 복식 3위(구력 3년), 제35회 진주시협회장기 클럽대항 테니스대회 은배부 우승, 제4회 경상국립대학교

총장배 테니스대회 전국신인부 단식 준우승, 제4회 서진주공공스포츠클럽 회장배 지역신인부 복식 우승. 학문과 운동 두 세계를 오가며 나는 비로소 내가 무엇을 잘하고 무엇을 좋아하며 어떤 방향으로 살아가야 하는지를 분명히 알게 되었다.

교단에 서고 나서야 깨달았다. 내 20대의 가장 큰 도전이었던 아메리카 대륙 자전거 일주가 교사로서 얼마나 귀중한 자산이었는지를. 수천 킬로미터의 길 위에서 몸으로 배운 삶의 지혜는 교과서에서는 얻을 수 없는 살아 있는 배움이었다. 학생들이 해외 인턴십이나 어학연수를 준비할 때면 나는 현장에서 실제로 마주하게 될 어려움과 그 너머에 있는 가능성을 보다 현실적인 언어로 전할 수 있었다. '숙박비 0원 아메리카 대륙 자전거 일주 이야기'는 어느새 학생들에게 작은 교재가 되었고, 영어를 배우면 세상이 조금 더 넓어질 수 있다는 꿈을 전하는 계기가 되었다. 부족한 영어 실력이나 가정 형편 같은 외부 조건 앞에서 스스로 한계를 긋던 특성화고 학생들에게 '나도 할 수 있다'는 이야기를 전할 수 있는 것으로 이 여정은 충분한 의미를 가졌다. 때로는 누군가의 치열한 삶의 이야기가 어떤 말보나 싶은 울림을 준다고 믿는다.

여행 중에는 크고 작은 위기와 시련이 끊이지 않았다. 모하비 사막에서 물 한 모금조차 구하지 못했던 순간, 숲속에서 곰 발자국을 발견하고 숨을 죽였던 기억, 로키산맥에서 하루하루 좌절하며 쓰러졌던 시간들. 그 모든 경험은 나를 단단하게 만들었고 교직 현장에서 마주하는 수많은 상황을 담담하게 받아들이는 힘이 되었다. 특히 학생 지도가 복잡하고 예민해진 요즘 같은 시기에는 이 여정에서 길러진 인내와 침착함이 무엇보다 큰 버팀목이 된다.

그 여름의 아메리카

나의 도전은 지금도 이어지고 있다. 더 나은 수업을 전하고 싶다는 마음으로 석사 과정을 마쳤고 현재는 박사 과정을 밟고 있다. 학문의 길은 여전히 고되고 험난하지만, 한국 영어교육에 작게나마 보탬이 되고 싶다는 바람으로 또 하나의 여정을 완주해 가고 있다. 그리고 무엇보다 학생의 인생을 곁에서 함께 걸어주는 교사가 되고 싶다. 내가 20대에 스스로 적성과 진로를 고민하며 성장해 왔듯 학생들 역시 각자의 삶 속에서 자신만의 질문과 성찰하는 경험을 통해 미네르바의 부엉이가 날아오르는 순간을 맞이할 수 있도록 돕고 싶다.

이 글은 2015년 미국과 멕시코 여행을 마친 직후 남겨두었던 초안에서 시작되었다. 취업과 결혼, 육아라는 바쁜 일상 속에 오래 묵혀 두었다가 이제야 비로소 세상에 나오게 되었다. 먼저 이 긴 여정을 끝까지 함께해 준 친구 병권이에게 깊은 감사를 전한다. 언제나 나의 도전을 믿고 지지해 준 사랑하는 아내에게도 진심으로 고맙다는 말을 전하고 싶다. 그녀는 이 책이 세상에 나오기까지 세심한 감수와 따뜻한 조언으로 곁을 지켜주었다. 세상에 단 하나뿐인 딸 지원이가 언젠가 이 글을 읽으며, 아빠가 20대를 얼마나 뜨겁게 보냈는지 느껴주기를 바란다. 아울러 삶의 여정을 묵묵히 뒷받침해 주시는 부모님과 항상 든든한 힘이 되어 주는 형 가족, 늘 영감을 주는 경남자동차고등학교 제자들, 한결같은 성원을 보내준 처가 가족에게 고개 숙여 감사드린다. 마지막으로 출판 과정에서 아낌없는 도움과 조언을 주신 처이모부와 처이모께 진심으로 감사드린다. 아메리카 대륙 자전거 여행이 내 삶을 바꾸어 놓았듯, 이 글이 독자 여러분에게도 새로운 도전을 향한 작은 용기와 영감으로 남기를 바란다.

하수구, 길가, 폐허가 된 캠핑장, 낡은 마구간,
모래바람이 휘몰아치던 사막, 이제는 버려진 보트까지.
우리는 그렇게 야생 속에서
살아가는 법을 하나씩 배워가고 있었다.
세상이 곧 우리의 지붕이었고,
별빛은 포근한 이불이 되어 우리를 덮어주었다.